SV

Andreas Maier

Die Straße

Roman

Andreas Maier
Berlin
1/14

für Neumann

Suhrkamp

Erste Auflage 2013

Druck und Bindung: Pustet, Regensburg
Printed in Germany
ISBN 978-3-518-42395-0

Die Straße

DOWN THE RABBIT-HOLE

Die Straße entlang standen die anderen Häuser. Jedes dieser Häuser war mir unbekannt, eine fremde Welt, verschlossen durch die Eingangstür. Was dahinter geschah, war für mich unvorstellbar. Die Häuser in unserer und in den angrenzenden Straßen hatten eine eigene physische Präsenz, wie für sich seiende Wesen. Ihr Wesen schien aus den Mauern, der Fassadenfarbe, der Größe und Anordnung der Fenster und all den nach außen sichtbaren Gegebenheiten zu bestehen. Im Grunde sahen diese Häuser im Mühlweg und überhaupt im Barbaraviertel alle gleich aus, es war eine eintönige Fünfziger- und Sechziger-Jahre-Architektur, aber gerade weil sie alle demselben Muster folgten, konnten die wenigen äußerlichen, voneinander unterschiedenen Einzelheiten jedem eine so individuelle Substanz geben, daß ich nie den ganzen Straßenzug sah, sondern immer diese einzelnen Hauswesen, hinter denen sich jeweils eine eigene, mehr oder minder völlig abgeschottete Welt befand. Manchmal sah man etwas von dieser Welt bzw. dem in dem jeweiligen Haus eingeschlossenen Leben. Etwa wenn die Bewohner im Garten saßen oder wenn der Familienvater das Automobil wusch, was damals regelmäßig jeden Samstag geschah. Manchmal sah man Menschen aus den Türen kommen, manchmal durch sie verschwinden, manchmal konnte man durch ein Fenster irgendein Detail dieser unvorstellbaren Welt erhaschen, die Ecke eines Wohnzimmerschranks, ein Bild. Irgendwelche Vasen.

Als Kind hatte ich natürlich eine unüberwindbare Angst vor diesen fremden Häusern, und es war fast unmöglich, mich in sie hineinzubringen. Schon vor der Fahrt nach Frankfurt zu meiner dortigen Verwandtschaft hatte ich Angst. Immer wenn ich ein fremdes Haus betrat, war ich überwältigt von sämtlichen Sinneseindrücken. Alles war fremd und anders, wobei ich auch hier sagen muß, daß diese Fremdheit nur dadurch so stark werden konnte, daß im Grunde alles in diesen Häusern gleich war. Hinter der Haustür kam fast immer die Treppe, und diese Treppe war ja nicht kategorial von anderen Treppen geschieden, sondern nur die Variation ein und derselben mir bekannten Form. Aber gerade die Akzidentien ließen alles so unterschiedlich wirken, Farbe, Lage, Geruch, die Enge oder Breite des Eingangs, welche Gegenstände um die Treppe herumstanden. Schon allein an der Treppe war das fremde Hausleben für mich fühlbar, sehbar und riechbar. Dort standen etwa Schuhe, deren Träger ich gar nicht kannte, und schon seit Jahren liefen diese fremden Menschen in diesen Schuhen in ihrem mir fremden Leben durch die Welt, nur wenige Meter von meinem Elternhaus entfernt und trotzdem universenweit fort. In jedem Ding sah ich in erster Linie nicht das Ding selbst, sondern den Menschen, der hinter diesem Ding steckte. Deshalb hatte alles diese lange Zeit so bedrohliche Nähe und Zudringlichkeit, weil die Dinge so waren, als stünde der Mensch bereits in den Schuhen und also direkt vor mir. Mit der Zeit gewöhnte ich mich natürlich an dieses Phänomen, je öfter ich, und inzwischen auch allein, fremde Häuser und fremde Wohnungen betrat. Die Angst verschwand, aber es blieb noch, sicher bis ich zehn, elf war, eine gewisse körperliche Abneigung, eine Art von Grundangewidertheit, wenn mich die Atmosphäre einer fremden Wohnung umschloß: das darin herrschende Licht, der darin liegende Geruch, die Konsistenz des Teppichs, der Vorhänge, der Schränke und Sessel und vor allem natürlich meistens die Erfahrung der Enge, denn unser eigenes Haus war groß und leer.

Vor allem muß mich diese heimelige Gemütlichkeit angeekelt haben, mit der die Wohnungen eingerichtet waren. Zumindest würde ich es heute so sagen: Man sah den Wohnungen an, daß die Bewohner es in ihnen heimelig und gemütlich haben wollten. Man sah den Willensakt. Besonders unangenehm war, wenn man mir aufnötigte, zum Essen zu bleiben, und wenn ich am Tisch in der Küche des anderen Hauses saß. Die Gerüche wurden dann am intensivsten, und ich saß mittendrin und sah den fremden Lebensrhythmus und die fremde Vertrautheit jener Familienmitglieder untereinander. Vielleicht stellte ich mir auch immer vor, ich wäre nicht in unserem Haus, sondern in diesem fremden anderen aufgewachsen, oder in einer fremden Wohnung, und dieses andere Licht und dieser andere Geruch und diese anderen Zimmer wären meine Welt gewesen. Dann wäre ich ja wie die anderen geworden, dachte ich. Die anderen aber waren offenbar anders als ich. Und das hing für mich auch mit jenen anderen Häusern und Wohnungen zusammen, in denen sie mit ihrer Familie zusammengepfercht waren wie Tiere in einem Stall. Die familiäre Enge der anderen stand in jähem Widerspruch zu meiner eigenen Familie. Dort war ich ja meist allein und konnte mich auch stets zurückziehen, was mir lange Zeit meiner Kindheit geradezu notwendig gewesen war. Dennoch suchte ich die anderen Häuser inzwischen aus einer Art Pflichtgefühl auf, vermutlich weil ich meinte, ich müßte mich daran gewöhnen, daß alles um mich herum anders war und alle in dieser gewissen Enge aufeinander herumhockten und das offenbar auch so wollten.

Die für mich erträglicheren Häuser gehörten denen, deren Familienleben eher kaputt war und die sich schon weitgehend voreinander zurückgezogen hatten. Häuser mit Einzelkindern, Akademiker, Lehrer oder dergleichen. Wo sowieso eine düstere Stimmung herrschte und jene gewisse emotionale Leere, konnte ich besser atmen, und die dort lebenden Kinder waren auch eher so wie ich. Sie standen mehr für sich, ich konnte sie besser ansprechen, es geschah nicht alles nach einem bloßen Mechanismus. Man merkte, sie befanden sich nicht in natürlichen Zusammenhängen und waren darin aufgehoben, sondern sie orientierten sich selbst bzw. versuchten dies, weil sie mußten. Sie neigten zum Fragen und zum Zuhören. Und sie konnten sich im Regelfall mit sich selbst beschäftigen. Es umwehte sie überdies immer eine gewisse Traurigkeit. Beispiel: Jener H., schlank, ein Fußballtalent, die Eltern lebten gemeinsam im Haus, aber waren nicht mehr zusammen (was ich zunächst gar nicht verstand), ein seltsam lebloser Kontakt zum Vater, der überdies gebrochen und gedemütigt wirkte, wie ein Fremdkörper im eigenen Haus (ein modernes Siebziger-Jahre-Haus im damaligen Neubaugebiet der Stadt). Was in dieser Familie vorgefallen war, weiß ich nicht, es ist alles denkbar: Sie hat ihn wegen eines anderen verlassen, er sie wegen einer anderen; er hat sie verlassen, ist aber mit der anderen Frau ins Unglück geraten und vegetiert nun als der Schuldige vor sich hin; denkbar auch: H. wird als

Kind gezeugt, um die Ehe zu retten, was insgesamt mißlingt. Es war nun so, daß alles, was den anderen Kindern Spaß machte, bei H. fast wie eine Zwangshandlung wirkte. Seine ganze Selbstbeschäftigung wirkte auf seine Umwelt gezwungen. Beim Sport war er – ehrgeizig im gewöhnlichen Sinn möchte ich nicht sagen. Er war keiner von denen, die sich nach einem verschossenen Siebenmeter in der Halle (wir schossen auf Handballtore) rückwärts auf den Boden schmissen, die Hände vor dem Kopf zusammenschlugen und es nicht fassen konnten, daß sie gerade verschossen hatten, oder die sich lauthals bei den Mitspielern beschwerten, wenn die Pässe nicht ankamen oder nicht verwertet wurden bzw. der freistehende Mann gar nicht gesehen wurde. H. hatte kaum Kontakt zu seinen Mitspielern und wirkte auf dem Feld stets wie ein Solitär. Aber er trainierte viel verbissener als die anderen und am liebsten allein. Beim Spiel konnte er sich durch fünf oder sechs Mann hindurchdribbeln und bog seinen schmalen, langen Körper wie einen Bogen Papier im Windstoß nach da und da. Er machte sich beim Dribbeln quasi zur Negativform der anderen und fügte sich genau in ihre Zwischenräume, und sein Schuß war ansatzlos, trocken und äußerst wuchtig. In den Abendstunden stand er stets länger als die anderen auf dem Platz und zirkelte Ball um Ball auf das Tor, immer wieder. H. ging damals, da war er elf, zwölf Jahre alt, zeitweise ganz im Fußball auf, er fertigte Dutzende von Statistiken an und kannte sie allesamt auswendig. Er saß vor dem Radio und zwei Stunden später vor dem Fernseher und notierte Ergebnisse, Torschützen, Tabellen. Kannte, glaube ich, alle Spieler aller Mannschaften. Mit mir spielte er die ganze Europameisterschaft 1980 beim Tipp-Kick durch. Er hatte, was Statistiken anging, einen Vollständigkeitswahn. Und dennoch war er das Gegenteil eines gewöhnlichen fußballfanatischen Kindes, denn hinter allem war immer dieser Traurigkeitshintergrund zu finden, der mir damals selbst noch gar nicht so bewußt war, nach dem ich mir aber bereits die Menschen um mich herum aussuchte, ohne es zu merken. Wenig später verlor sich der Fußball aus H.s Welt, er wurde binnen kurzer Zeit komplett durch das Arno-Schmidtsche Roman-Universum ersetzt. Noch später wurde H. zu einem Nachtmenschen und schrieb, da war er fünfzehn, sehr eigenartige Geschichten, er war der erste Schriftsteller, den ich kannte, aber so weit sind wir noch nicht. Einige Jahre vorher, noch zur Fußballzeit, war H. dennoch bereits durch seine Andersheit, durch sein Nichtfunktionieren im gewöhnlichen Rahmen, durch seine Eigenwilligkeit und seinen für andere eher zwanghaften Charakter stigmatisiert bzw. erkennbar.

Auch mit seinem Vater, dem gebrochenen, konnte

ich besser umgehen als mit anderen. Andere Väter kamen immer mit großem Schwung und großer Selbstsicherheit daher und integrierten mich sofort in irgend etwas, in ein Gespräch, das dann eigentlich nur sie führten, oder sie wollten, daß ich etwas erzähle, wobei ich immer merkte, daß sie gerade nur die typische Begegnung »Vater unterhält sich mit Freund des Sohnes« spielten. Sie waren immer aufgeräumt, gut gelaunt, frisch, und ich dachte stets: leben die wirklich so, und wie anstrengend ist das, sich immer da oben zu halten? Bei H.s Vater war das völlig anders, der machte sogar dann einen armseligen Eindruck, wenn er sich nur einen Kaffee in der Küche kochen wollte. Er stand verloren in der Küche herum, die Küche starrte ihn an wie etwas Fremdes, das gar nicht hierher gehörte (es war sein eigenes Haus, er hatte die Küche selbst einrichten lassen), und die Handgriffe, die er vollführte, mißlangen im Regelfall allesamt. Er war wohl um die vierzig, so alt wie ich heute, und ich war im sechsten Schuljahr und dachte, ich müßte diesem Mann helfen, wir müßten ihn irgendwie aufrichten. Zumindest freundlich zu ihm sein, sonst verzweifelt er ja immer mehr. Wobei ich nach dem Grund dieser Verzweiflung oder zumindest dieses Gebrochenseins nie fragte, ich nahm es einfach hin, als einen zu der Person gehörigen Teil, als etwas, was die Person geradezu ausmachte bzw. ihr sogar einen gewissen

Wert verlieh, durch den sie sich von anderen absetzte. Ich sage nicht, daß mir das damals schon ganz und gar bewußt war. Aber spüren konnte ich es auf jeden Fall.

H.s Mutter sah ich weitaus seltener. Manchmal erschien sie im Schlafkleid, mit einem durchsichtigen Morgenmantel darüber. Sie war ebenso schlank wie ihr Sohn, schön, mit dunkler Alexandra-Stimme, und wirkte nicht gebrochen. Je aufrechter sie durchs Haus lief, desto mehr duckte sich ihr Mann, kam mir vor. Heute sehe ich natürlich die tausendfach kolportierte Siebziger-Jahre-Scheidungskrieg-Szenerie inklusive Kind vor mir, die man aus unzähligen Romanen und Filmen kennt, aber damals hatte ich zum einen keinerlei Begriff dafür, und zum anderen nahm ich alles unmittelbar wahr, ungefiltert durch Worte und Ideen. Auch wenn alles traurig war, so war es ja doch nicht falsch. Nicht falscher als alles andere um mich herum. Nur funktionierte es nicht. Das hob es so heraus. Bei den anderen Familien dagegen schien alles unhinterfragt und nach gewissen Regeln, die ich nicht kannte, vonstatten zu gehen, und diese Familien schlossen sich zu etwas Einheitlichem, Festem, Mächtigem zusammen, das einfach so in die Welt gesetzt war und nun vor sich hin funktionierte, ohne daß die Personen in ihnen noch Personen gewesen wären. Alle waren in diesen Familien eher wie Teilnehmer an einem Spiel oder einem Theaterstück, es gab feste Rollen, und jeder konnte sich in seiner Rolle ganz natürlich bewegen und hatte Spaß und Freude an dieser Rolle. Sie lachten viel, sie machten viel gemeinsam, sie stritten auch, das gehörte ebenfalls dazu, aber sie waren immer wie am Schweben, sie folgten einer mir unergründlichen Melodie, wie die Schlange beim Tanz, oder einer Stimme, die ihnen das alles vorgab, und auch wenn mich das nicht mehr so sehr quälte wie in den ersten zehn, elf Jahren meines Lebens, so war mir diese anscheinend naturhafte Fähigkeit zum Zusammenstecken doch nach wie vor völlig fremd.

Ich kann im Nachhinein keinen Punkt in meinem Leben bestimmen, an dem so etwas wie »Nachdenken über die natürlichen anderen« eingesetzt hätte. Aber es gibt Erlebnisse, Bilder, in denen diese »Natürlichkeit« (was immer ein Wort der anderen war) so stark zum Ausdruck kam, daß ich mich an einzelne erinnern kann, die teils sehr weit zurückliegen. Dazu gehörte, wenn sich die anderen Kinder auszogen, etwa bei diversen Gartenspielen im Sommer. Sie waren naß geworden und wechselten ihre Kleidung. Dabei lag nichts im Raum. Sie taten es einfach so. Sie schauten sich nicht auf ihre Schwänze wie früher zur Grundschulzeit in der Schultoilette, sondern verhielten sich so routiniert wie beim Duschen nach dem Fußballtraining. Sie redeten dabei, trockneten sich ab, und alles war, was es war. Bei H.s

Familie war so etwas undenkbar. Es hätte sofort eine Beklemmung über der ganzen Situation gelegen. Es war wie ein Bewußtsein dessen, was man tat, es war atmosphärisch spürbar. Die betreffende »Natürlichkeit« war in dieser Familie ganz und gar verlorengegangen. An H. selbst war etwas merkwürdig Erwachsenes. Hätten wir uns beide im Garten ausgezogen, hätten wir uns sofort auf die Schwänze gestarrt, und vermutlich hätten sie sich sofort geregt, einfach weil wir wußten, was wir taten. Vielleicht ging von H.s Eltern genau diese Atmosphäre aus. Etwas in ihrem Zusammenspiel war völlig gescheitert und lag nun im Raum und ergriff jede Möglichkeit, sich in den Anwesenden bemerkbar zu machen. Nacktheit war in dieser Familie nicht möglich, weil auf sie in einer logischen Gedankenverbindung Erregung (mit allen ihren Folgeerscheinungen wie Ekel, Lust etc.) gefolgt wäre. Ebenso gab es keinerlei Berührungen in dieser Familie. Auch darin unterschied sie sich von anderen Familien, etwa unserer Nachbarsfamilie Heussler im drittnächsten Haus. Dort erlebte ich ebenfalls eindringlich, wie stark diese »Natürlichkeit« werden konnte. Manchmal besuchte ich den Sohn der Heusslers, und wenn unten die Tür offenstand, lief ich einfach ins Haus. Es war klein, das Zimmer meines Bekannten lag im ersten Stock, gleich neben dem elterlichen Schlafzimmer. Zwei- oder dreimal sah ich den Sohn mit seiner Mutter im elterlichen Ehebett liegen, eng umschlungen, wie ich später mit Frauen dalag, da war er fünfzehn oder sechzehn, und als sie mich sahen, standen sie auf und begrüßten mich freundlich wie immer und mit ebender besagten »Normalität«. In seinem Zimmer hatte der Sohn eine kleine schwarze Figur stehen, sie sieht in meiner Erinnerung aus wie ein Priester, vielleicht trug sie auch nur einen langen schwarzen Mantel. Sie war fingergroß und aus Plastik, man konnte den schwarzen Mantel heben, dann schwang sich ein großer, roter, geschwollener Schwanz in die Höhe, pendelte herum und blieb dann stehen. Das sah ich öfter. Eigentlich hob der Nachbarssohn jedesmal, wenn ich da war, diesen Mantel und ließ den Schwanz pendeln. Das gefiel ihm. Vielleicht suchte er damit mein Einverständnis, ich weiß es nicht. Er war drei Jahre älter als ich.

An anderen Familien wiederum wurde mir langsam klar, wie etwa die Väter mit den Töchtern umgingen und daß da oft ein ganz anderer Berührungshorizont vorlag als mit anderen Menschen. Manchmal übertrugen die Väter diese Berührungsarten auch auf die Freundinnen ihrer Töchter. Ich konnte sehen, wie die einen es über sich ergehen ließen und die anderen eine fast unmerkliche Abwehr aufbauten, und ich konnte sehen, wie der betreffende Vater dann sofort ebenso unmerklich reagierte und das Maß seiner Berührungen oder Berührungsabsichten graduell herunterschraubte, so daß zwischen beiden Parteien zwar nichts zur Sprache kommen mußte, aber doch ein ewiger Kampf ausgefochten wurde, immer wieder aufs neue. Es gehörte zum Leben der Väter dazu, die Mädchen immer wieder zu berühren, bei Begrüßungen, bei Abschieden, bei gewissen Alltagsdingen (nahmen die Mädchen zum Beispiel beim Essen mit auf der Küchenbank Platz, hob sie der betreffende Vater, ohne daß das notwendig gewesen wäre, über den eigenen Schoß und setzte sie kurz auf diesem ab, und manchmal wurden sie dabei auch von hinten umarmt), und es gehörte zum Leben der Mädchen dazu, diesem immer wieder aufs neue ausgesetzt zu sein und sich dazu irgendwie verhalten zu müssen. Wenn ein Mädchen, das zu Besuch war, gar keine Abwehrreaktion zeigte und dem Vater deshalb das Maß nicht beschränkt wurde (dann wurde das Mädchen geküßt und *Du bist aber ein schönes Mädchen* oder dergleichen gesagt), schritt die Ehefrau ein und senkte das Maß des Mannes wieder herunter. Das heißt, zum Leben der Ehefrau gehörte dazu, einen Mann neben sich zu haben, der sich in solchen Handlungszusammenhängen mit der eigenen Tochter und den anderen Mädchen befand. Das war alles natürlich. Natürlich wäre es vielleicht dann nicht gewesen, wenn er sich die Freunde seines Sohnes auf den Schoß gehoben hätte. So aber war alles völlig normal und mußte eben nur auf ein bestimmtes Maß eingedämmt werden, und die Mütter legten sich zum Ausgleich dafür mittags mit ihren Söhnen ins Bett, wenn der Vater bei der Arbeit war. Es gab regelrechte Rituale bei diesem Sich-ins-Bett-Legen mit dem eigenen Sohn, manche Mütter zogen dafür eigens ein Nachthemd an, stufenweise aufknöpfbar. Das war dann die Liebe der Mutter zum Kind, und die Kinder waren fünf oder sieben oder neun oder elf, und auch für sie war es ebenfalls (zumindest zunächst) ganz normal. Später wissen sie dann für Jahrzehnte nicht mehr, daß sie mit ihren Müttern im Bett gelegen haben ihre halbe Kindheit lang, und was sie da genau gemacht haben, wissen sie auch nicht mehr (ich weiß es ebenfalls nicht mehr, es wird an diesem Punkt immer schwarz in meiner Erinnerung), und dann ist es plötzlich wieder da, und die Erwachsengewordenen heben inzwischen die Freundinnen ihrer Töchter auf den eigenen Schoß oder stehen plötzlich ebenso vor sich selbst und der eigenen Existenz wie damals schon der junge H., der, noch ohne Begriffe zu haben, bereits alles wußte und bei dem in der Familie eine solche *Unnormalität* herrschte, daß auch seiner schönen Mutter klargewesen wäre, was es bedeutet, wenn sie sich mit ihrem Sohn ins Bett legen würde. Ob sie es gerade deshalb dann doch getan haben, also bewußt und vielleicht sogar in gemeinsamer

Verabredung, kann ich nicht sagen. So kann ein Leben ja auch sein.

Ich ahnte zunächst noch nicht einmal, daß Jungen und Mädchen sich überhaupt voneinander unterscheiden. Am Anfang ist alles eins, die Verschiedenheit kommt erst später, dann ist das Paradies bereits verloren. In meinem zweiten Schuljahr, noch in der Zeit meiner großen Verängstigung und längere Zeit vor meiner ersten weiblichen Schulbanknachbarin Manuela, hatte es mir ein Klassenkamerad gesagt. Ich kann mich an die Situation recht genau erinnern, vielleicht auch deshalb, weil es einer der wenigen Momente in der Grundschule war, in denen es einem Mitschüler unbedingt wichtig erschien, mir etwas mitzuteilen. Ich habe mich meine ganze Grundschulzeit über stets eher an Mädchen gehalten, vielleicht weil ich mich da weniger bedroht fühlte. Bettina, ein Mädchen aus der Nachbarschaft, war überhaupt mein einziger näherer Kontakt. Einmal müssen wir irgend etwas miteinander gemacht haben, vielleicht ein Spiel gespielt, oder ich half ihr bei etwas im Klassensaal oder in der Pause, keine Ahnung. Es muß irgendeine Berührung im Spiel gewesen sein. Unter Jungen üblich, unter Mädchen auch. Vielleicht rangelte sie mit mir, oder wir miteinander (kann ich mir aber nicht vorstellen, dazu neigte ich überhaupt nicht). Auf jeden Fall kam danach ein Mitschüler auf mich zu, schaute mich zunächst einverständnisheischend, dann aber abmessend an und sagte so etwas wie: Du weißt aber schon, daß die Bettina ganz anders ist als du? Ich verstand die Frage nicht (ich wußte nicht, worauf er aus war), und anschließend folgte die Aufklärung, nämlich daß sie ein Mädchen sei und ich ein Junge und daß Mädchen eben anders seien als Jungen. Daß, wenn die Bettina sich ausziehe, sie anders aussehe als ich.

Damit gab es für mich zum ersten Mal zwei Geschlechter. Allerdings gab es für diese zwei Geschlechter zunächst nur zwei Protagonisten, nämlich jene Bettina und mich, obgleich ich nicht wußte, inwiefern sie anders aussah als ich. Unsere Berührung oder diese zufällige Handlung zwischen uns war in den Augen meines Mitschülers eine Lusthandlung oder eine Vorstufe dazu gewesen, und als er begriff, daß das offenbar gar nicht der Fall war, mußte er sie im nachhinein zu einer solchen machen, und zwar indem er mich über die Welt zum ersten Mal ganz grundlegend aufklärte. Also in dem für ihn ganz grundlegenden Sinne. Der Junge hieß übrigens mit Nachnamen Göttlich. So machte er seinem Namen alle Ehre damals in der zweiten Klasse und wies mich auf die Schöpfung hin, von der ich bislang nur aus der Bibel wußte, also kurz gesagt von Adam und der aus seiner Rippe geschaffenen Eva, deren einziger Unterschied zu Adam für mich bis *dato* immer gewesen war, daß sie aus seiner Rippe kam und er gleich von Gott, was ich allerdings nie richtig verstanden hatte und worunter ich mir eigentlich auch nichts vorstellen konnte. Mit diesem Jungen namens Göttlich gab es also zum ersten Mal das antagonistische Paar Bettina – Andreas auf der Welt bzw. in meinem Kopf, und daraus wurden dann später sämtliche Begriffe, die ich habe. Der Anfang des Unterschieds und damit aller späteren Liebe und allen Schmerzes war, daß jene Bettina anders war als ich und ich nicht wußte, inwieweit sie anders war. Und daß, um es zu erfahren, sie sich ausziehen müßte. Auf diese Weise bekam ich meinen Schwanz, auch wenn ich noch nichts von ihm ahnte.

Seltsam ist: Wenn ich an die diversen Spiele denke, die die Freundinnen meiner Schwester in unserem Haus veranstalteten, dann muß ich bei ihnen schon vor meiner Schulzeit all das *gesehen* haben, worüber mich der Junge namens Göttlich erst später aufklärte. Einen Begriff von Andersheit hatte ich damals bei diesen frühen Spielen aber nicht entwickelt. Das lag vermutlich daran, daß immer nur ausschließlich Mädchen zu sehen gewesen waren. Es waren immer nur Mädchen, die sich überall gegenseitig Dinge hineinsteckten und wieder herauszogen, und die sich ihre Ärsche entgegenstreckten, auf daß ein Finger dort hineinkomme oder eine Nase oder sonst etwas. Mehr hatte ich nie gesehen, und mehr kannte ich nicht, also sah ich nirgends einen Unterschied und achtete auch auf nichts. So muß es ganz früher gewesen sein. Später spielten sie diese Spiele immer noch, da verstand ich dann alles, und da teilte ich dann in »Mädchen« und »Junge«. Ich will damit sagen: Es gelang mir aus den früheren Erfahrungen nicht, das abzuleiten, worüber mich der Junge namens Göttlich dann in Worten, also abstrakt, unterrichtete. Detailliertere Erinnerungen setzen folglich bei mir erst später ein, etwa an eine Situation im großen oberen Zimmer, als ein Spiel vor dem dortigen Kleiderschrank mit der abgelegten Garderobe meiner Mutter stattfand, da müssen sie schon neun Jahre alt gewesen sein, wenn ich das Wort des Jungen namens Göttlich als *terminus post quem* zugrunde lege. Sie zogen sich Kleider aus dem Kleiderschrank der Mutter an, machten eine Art Modenschau, dann zogen sie sie plötzlich herunter und zeigten sich, und mit besonderer Freude zeigten sie sich mir, und ich sah alle die Ärsche (sie zeigten nach wie vor hauptsächlich diese) aller dieser Freundinnen, die noch heute leben, und sie wollten unbedingt, daß man nun etwas mit diesem Arsch mache, sie spielten auch filmen und fotografieren. Ganz wichtig war, daß man zeigte, und ganz wichtig war, daß es eigentlich verboten war zu zeigen. Deshalb spielten sie, es sei verboten zu zeigen, und zeigten dann erst recht. Alles das gab es für mich erst, nachdem das Wort über Bettina gefallen war. Vorher hatte ich es einfach nie verstanden. Es war gar nicht mehr weit von ihrer Bravozeit entfernt.

Für diese Momente waren die Mädchen immer wie ausgetauscht, wie in einem völlig anderen Zustand als sonst, der damit, wie sie zu den übrigen Zeiten waren, nichts zu tun hatte. Sie waren verwandelt, und auch ihre Augen sahen anders aus als sonst. Diese Augen erglänzten dann immer in einem aufgeregten, geradezu fiebrigen Lächeln, spiegelten aber auch das große Interesse an der Sache und die Ernsthaftigkeit in ihrem schnellen Tun wider. Dieses Tun war so schnell, als könnten sie es kaum erwarten. Alles hatte eine völlig eigene, unbezwingbare Logik, und in ihren aufgeregten Momenten, während diese Logik galt, war alles völlig selbstverständlich, als könnte es gar nicht anders sein und als könnte es auf der Welt gar nicht anders zugehen, als daß jetzt dieser Finger vorne oder hinten in das betreffende Mädchen hineinkommt, so schnell es geht und so tief es geht, denn je tiefer es ging, um so spannender und interessanter und aufregender und erwünschter und herbeigesehnter war es für das betreffende Mädchen, das in seiner fiebrigen Ernsthaftigkeit dann noch um so Tieferes wünschte, denn das eine mußte ja vom nächsten immer übertroffen werden, es gab keinen Grund und Boden außer der physischen Tiefe und Weite ihrer Löcher und den Ausmaßen der verschiedenen Gegenstände, denen ihr Interesse galt und die eingeführt wurden. In diesen Momenten bestanden die Mädchen ganz offenbar nur aus dem Wunsch der Einführung und ihren Löchern, sie hatten an jedem anderen Rest der Welt das Interesse verloren, etwas mußte nun unbedingt und zwingend geschehen, sie waren ganz ihr Hintern und ganz ihr Geschlecht, das sie mit keinem Wort benannten, nur mit deiktischen Ausdrücken und mit Pronomina, vorn wie hinten. Es kam ja in ihrer Sprache nicht vor, nur als Wunsch, verbunden mit einer Handlungsanweisung an den anderen, schau da, tu da das hinein, stecke es dort hinein. Stecke es tiefer. Es geht noch tiefer. Es dauerte nicht lang, wenige Minuten, es war wie eine Welle über sie gegangen, und dann ebbte die Welle in einem zunehmenden Gekicher ab, sie steckten immer noch, lachten und gickelten jetzt aber, riefen vielleicht auch Sätze wie *Ist das eklig*, das hieß eigentlich, daß sie es jetzt besonders schön und spannend fanden, und dann zogen sie sich wieder an, legten die Bleistifte und Füllfederhalter, die sie benutzt hatten, auf den Schreibtisch zurück, damit auch mein Vater sie anschließend wieder benutzen konnte, und plötzlich waren sie wieder in der anderen Welt und hatten augenscheinlich von einer Minute auf die andere vergessen, was die Welt im ganz kompletten

Sinn eben noch gewesen war, nämlich ihr Vorne und ihr Hinten und ihr allgemeiner, zwingender Wunsch in der Mitte zwischen beidem als ihr Wesen in diesem Augenblick. Nun waren sie Mädchen, die unten im Wohnzimmer herumsaßen und fernsahen, und wenn die Eltern heimkamen und fragten, ob sie denn schön fernsähen, sagten sie ja, und es war nicht einmal eine Lüge. Jetzt waren die Kinder sogar ausnehmend ruhig und entspannt, ganz anders als sonst, wenn sie bei uns waren, und sie richteten nicht einmal ihr übliches Chaos an. Während der Spiele hatten sie noch atemlos gelauscht in ihren handwerklichen Verrichtungen, ob jemand komme, ob unten die Tür gehe, und alle waren darauf vorbereitet, binnen kürzester Zeit in ihre Höschen und Hosen und Pullis hineinzuspringen, denn sie hatten dafür nicht länger Zeit, als man von der Hauseingangstür in den oberen Stock brauchte, und dann noch den Flur entlang. Alles geschah wie auf Verabredung, plötzlich kam die erwartete Welle und überfuhr sie, dann waren sie einige Minuten so geschäftig wie sonst nie, zugleich lauschten sie, was ihnen noch mehr Freude machte, denn sie wußten ja wie gesagt alle, daß das, was sie taten, absolut verboten war. Dann verließ sie das Interesse plötzlich, ebenso auf Verabredung oder durch unausgesprochene Übereinkunft, und sie schlüpften in ihren anderen Zustand zurück, der von dem ersten Zustand nichts mehr wußte. Es gab also zwei Welten. In der einen waren alle wie alle, in der anderen waren die einen anders als die anderen, da fehlte dann etwas und mußte erst einmal hineingesteckt werden, sei es zunächst auch nur, was man gerade zur Hand hatte. Hätte ich einem der Mädchen, wenn sie bei uns im Wohnzimmer saßen, gesagt, soll ich dir jetzt wieder hineinstecken, und wirst du dich ausziehen und dich wieder vor mich hinstellen und mir wieder deine Einsteckwünsche sagen und die betreffenden Gegenstände selbst in die Hand geben, hätte es mich angeschaut wie einen Bewohner vom Mars, der plötzlich auf der Erde erscheint und tatsächlich klein und grün ist. Sie zogen mir ja auch die Hose aus und inspizierten mich und wollten, daß ich mich zeige, wobei mir lange Zeit ja nicht ganz klar war, was sie da überhaupt sehen wollten, sie wollten zunächst nur bloß *das Andere* sehen, und daß für *das Andere* bzw. dessen Herzeigen in diesen Zusammenhängen meist der jüngere Bruder verantwortlich war, in allen Familien, wußte ich nicht. Es war ein alltägliches und ganz gewöhnliches Phänomen und wurde eigentlich erst nachträglich von mir mit jenem speziellen *anderen* Sinn gefüllt. Wäre ich nun also ins Wohnzimmer gegangen und hätte mich selbst ausgezogen und ihnen gezeigt, was sie sonst hatten sehen wollen, wären sie wieder in schreiendes Gekicher ausgebrochen und hätten gerufen *Wie eklig!*, aber das Gekicher wäre diesmal bloß herablassend und das *Wie eklig!* völlig ernst und eindeutig gemeint gewesen. Obgleich mein Verhalten ja nichts anderes dargestellt hätte als zu den anderen Zeiten, wenn die Welle kam und die gemeinsame Verabredung im Raum stand und sofortigen Vollzug verlangte. Ich weiß heute noch, wie sie alle hießen, und noch heute würde sich die Situation genauso ereignen, wenn ich sie fragen würde, ob ich denn in sie hineinstecken soll und welcher Gegenstand heute ihr Interesse hat, ob der Kleiderbügel oder der Filzstift. Zuerst hatten sie alles vergessen, und wenn sie sich später wieder daran erinnerten, steckten sie es in den Begriff Doktorspiele oder in einen artverwandten hinein und nannten es Entwicklungsstufe, hegten in diesem Begriff ihre Vergangenheit ein und vergaßen, daß sie selbst es waren. Als wären sie damals andere gewesen. Und heute sind sie immer noch dieselben, und sie tragen noch immer dieselben Namen, auch wenn ihr Kopf stets damit beschäftigt ist, schwarze Löcher zu schaffen, in die dann wiederum hineingesteckt wird, nur daß dieses Hineinstecken jetzt Vergessen heißt. Und sie waren damals nicht vier oder fünf Jahre gewesen. Sie konnten lesen und schreiben und rechnen und hätten sogar Aufsätze darüber schreiben können.

Sie lebten in diesen zwei Welten, und die eine war

vergessen, wenn der Rausch verebbte. Es war dann wie nie gewesen. Und obgleich sie Verbotenes taten, war dennoch völlig klar, daß alle Erwachsenen wußten, was sie taten, denn diese hatten es ebenso getan und dann ebenso wieder vergessen bzw. nicht mehr in Verbindung mit sich gebracht. Wenn ich heute Eltern erlebe, deren Kinder sich gerade gegenseitig zeigen und/oder hineinstecken, dann sehen sie darin immer nur jene Entwicklungsstufe, und wenn sie sich an sich selbst erinnern, dann auch nur in Form einer Erinnerung an eine Entwicklungsstufe. Als wären sie früher nicht sie selber gewesen, sondern eine Entwicklungsstufe. Als hätte die Entwicklungsstufe gehandelt, als sie handelten und öffneten und zeigten mit dieser Dringlichkeit, deren Ernst eines Erwachsenen würdig gewesen wäre, oder des Lebens überhaupt.

Neulich saß ich bei einer Familie, und die Töchter kamen begeistert mit dem Mobiltelefon der Erwachsenen an und hatten sich gerade fotografiert und vor allem alle ihre Löcher. Die eine hielt ihren Hintern weit auseinander, und die andere ging ganz nah heran, sie waren sieben oder acht Jahre alt, wir saßen gerade im Nachbarraum, und dann war die andere Seite dran, und dann kamen sie, noch in ihrem Zustand, herein und kicherten. Sie waren einfach so begeistert, daß sie es mitteilen mußten, und daß sie es nun mitteilten, begeisterte sie noch um so mehr, denn das war ja eigentlich verboten. Die Bilder wurden anschließend von den Eltern gelöscht, so schnell es ging.

So lebten wir auf der einen oder auf der anderen Seite, je nach Zustand. Wenn ich mich an die allerersten Anfänge erinnere, so war diese andere Welt schon von Beginn an da und in meiner Umwelt enthalten, ich konnte sie nur noch nicht mit Vorstellungen füllen. Die Metaphern von Dunkelheit oder Schwärze oder Bösesein wurden dafür verwendet. Den Kindern wurde gleich am Anfang vermittelt, daß draußen Gefahren lauern, dunkler Art. Alle wurden gewarnt. Ich hatte natürlich keine Ahnung, wovor genau gewarnt wurde. Es hatte, das wußte ich, im weitesten Sinn mit den Menschen dort draußen zu tun, und zwar vor allem mit fremden Menschen. Von ihnen ging eine (für das Kind diffuse) Gefahr aus, so wurde uns verheißen. Man mußte sie meiden, man durfte ihnen nicht zu nahe kommen, nur war völlig unklar und eben dunkel, was passieren würde, wenn man ihnen zu nahe käme oder gar mit ihnen mitginge. Ich glaube, ich stellte mir so etwas wie ein Gesamtverschlingen meiner Person vor. Ging ich mit, würden sie mich irgendwohin führen und mich dann aufessen. Am Ende würde ich tot sein, nur konnte ich mir unter der Todesart nichts vorstellen, eben bis auf jenes merkwürdige Aufessen, von dem man mir erzählt haben muß. Das Lockmittel der fremden Person, es handelte sich ausschließlich um Männer, also des fremden Mannes, war etwas, das er einem »geben« wollte. Man sollte nichts annehmen. Nimm nie etwas von einem fremden Mann an, hieß es. In den ersten Jahren bin ich gar nicht in solche Situationen hineingeraten, also an die »fremden Männer«, das kam erst mit neun oder zehn Jahren am Ende meiner Grundschulzeit, deshalb blieb mir lange Zeit nur meine Phantasie, um mir einen solchen fremden Mann vorzustellen und was er wohl mit jemandem wie mir täte, wenn er auf mich träfe. Vermutlich lauerten die fremden Männer überall draußen in der ganzen Umwelt der Stadt Friedberg. Jeder Mann konnte ein solcher Mann sein, aber vor allem solche, die auf Parkbänken herumsaßen und am besten noch eine Tüte mit Süßigkeiten in der Hand hatten, um uns anzulocken wie die Urgroßmutter die Enten im Park mit ihren Brotkrumen. Die Person auf der Bank, vielleicht stand sie auch hinter einem Busch, mußte unbedingt schwarz oder wenigstens so dunkel wie möglich sein, zumindest was die Kleidung anging. Die Person hatte in meiner Vorstellung zwar ein mitteleuropäisch weißes Gesicht, aber erinnerte vor allem an jene Ur-Idee des Bösen, die uns damals eingeimpft wurde, nämlich an den *Schwar-*

zen Mann. Der schwarze Mann herrschte damals so kollektiv in allen Kinderköpfen, besonders den weiblichen, daß er noch Jahrzehnte später immer wieder erscheinen konnte. Zum Beispiel studierte an meinem Lateininstitut eine Frau, rothaarig, blasser Teint, groß, die noch mit fünfundzwanzig Jahren immer wieder vom schwarzen Mann träumte, also einem Neger, wie sie damals sagte. Immerfort lief sie vor einem Neger davon. Sie war dazu auch noch Schlafwandlerin, und manchmal wandelte sie dann ganz eilig dem Neger davon, dem kollektiven deutschen Kinderbewußtseinsneger, der ihr auch diese Nacht und in diesem Schlaf mal wieder auf den Fersen war, als erwachsener Person. Man mußte diese Frau nur mit weit aufgerissenen Augen anschauen, und sie bekam sofort einen Schreck, weil sie den Traumneger vor sich sah, das heißt seine aufgerissenen Negeraugen, ganz weiß, mit denen er ihr im Wahn hinterherschaute, getrieben von seinem grenzenlosen Verlangen nach deutschen rothaarigen, blaßhäutigen Mädchen. Der Bewußtseinsneger war das komplette Komplement zu ihr selbst, das genaue Gegenteil in jeder Hinsicht und daher ihr ständiger Alptraum. Es war die am Reißbrett von ihrer eigenen Person konstruierte Idealhorrorfigur und hatte genau die Form und das Aussehen eines Schwarzafrikaners. Er jagte sie immer wieder, und sie wachte dann manchmal in einem fremden Garten irgendwo in der Nachbarschaft auf und trug tatsächlich nur ein T-Shirt und sonst gar nichts. So weit hatte der Neger sie gebracht, und da stand sie dann in ihrer Blöße. Damit lebte sie ein Leben.

Mein fremder Mann von damals hatte zwar das Gesicht eines Weißen, aber es war doch stets mit Kohle oder Ruß beschmiert und gewann wenigstens von daher seine Unheimlichkeit, denn der Mann trieb sich ja in dunklen Ecken und geheimen, schmutzigen Winkeln herum, vermutlich in Kellern und hinter den Mülltonnen, wo er wartete, um zuzuschlagen.

Der schwarze Mann erschien auch stets in der Turnstunde, wenn wir, was regelmäßig geschah, »Wer hat Angst vorm schwarzen Mann« spielten. Es wurde uns natürlich nie erklärt, was genau der schwarze Mann eigentlich sei, denn es wurde vorausgesetzt, daß wir das alle wüßten. Der schwarze Mann in der Turnstunde war wie eine mathematische Funktion. Er war an sich wesenlos. Die Funktion beinhaltete ausschließlich, Kinder zu fangen. Einer wurde als schwarzer Mann bestimmt, dann mußte er so viele Kinder fangen, wie er konnte. Die Gefangennahme war ein Abpatschen. Man patschte das betreffende Kind ab, dann war es tot und blieb stehen (die anderen waren stets auf der Flucht vor dem schwarzen Mann). Natürlich waren die schwarzen Männer nie Mädchen. Die Mädchen wiederum kreischten am lautesten bei der Flucht vor dem schwarzen Mann, und geradezu überwältigt kreischten sie, wenn sie erwischt und gefangen wurden und abgepatscht und vom schwarzen Mann in den Tod überführt. So wurden sie jahrelang Woche um Woche in einer kleinen, abgewetzten Turnhalle mit altem Dielenboden und lediglich einer Sprossenleiter an der Wand, einer Turnhalle aus uralten Zeiten, noch wie in einem Heinrich-Mann-Roman, gejagt und vom schwarzen Mann in den Tod überführt, begleitet durch jenes atemlose, erregte Kreischen. Das war unsere Welt, und sie beinhaltete die andere, aber das verstanden wir noch nicht. Die erste war gegen die zweite stets durchlässig, aber alles fand ohne Begriff und zunächst auch nur unter Maskeraden wie dem oben genannten Spiel statt.

So war auch der unbekannte Mann auf der Parkbank noch keiner, der etwas mit dem Stecken und Zeigen zu tun hatte, sondern er war in seinen Handlungen noch gänzlich unbekannt, wie eine fremde Macht, wie etwas aus einer völlig anderen, grausamen, unsittlichen, dreckigen, verworfenen Welt. Er war übrigens auch kein Krimineller. Kriminelle (Diebe) waren nichts dagegen. Kriminelle sah man in Krimis, dort öffneten sie virtuos Tresore oder überfielen auf großartige Weise Geldtransporter. Sie waren am Anfang noch gut gekleidet, die Kriminellen, sie trugen Tweed und Anzüge und waren überhaupt noch gut gesittet, auch wenn sie ganze Eisenbahnzüge ausraubten. Schlimmer waren schon die Mörder, die wir anfänglich auch nur allesamt aus dem Fernsehen kannten. Es gab zwar auch den Mord aus Hilflosigkeit, aber da steckte meist bloß eine irgendwie fehlerhafte Person dahinter. Die nächstschlimmere Kategorie war der Mord an Frauen, das heißt an jüngeren Frauen. Der Erbschleichermord zählte hier nicht dazu, der gehörte noch in die Kategorie »fehlerhafte« Person. Dem Erbschleicher und Heiratsschwindler, der stets reiche ältere Frauen mordete, eignete neben seiner bloßen Habgier noch nicht jenes ausschließlich dunkle Element dessen, der junge Frauen mordete. Das erklärt sich, glaube ich, ganz einfach. Bei jedem normalen Mordfall wurde das Motiv illustriert. Der Bankraubmörder erschoß die Leute beim Bankraub, das sah man. Der Heiratsschwindler und Erbschleicher vergiftete die betreffende ältere Dame oder ließ ihr einen Unfall oder sonst etwas zustoßen, um anschließend zu kassieren. Weshalb aber junge Frauen umgebracht wurden, blieb mir immer rätselhaft, denn der betreffende Film zeigte nichts dazu. Man sah die junge Frau vielleicht gerade noch wegrennen, aber dann war sie schon tot und lag herum, meistens mit weit aufgerissenen, erschrockenen Augen. Es geschah offenbar einfach so. Und dennoch wurde es so dargestellt, als müßte es geradezu zwangsläufig dazu kommen. Für das Fernsehpublikum waren also ausgerechnet die Filme, in denen man gar nichts sah, die, denen das scheußlichste Verbrechen überhaupt zugrunde lag. Offenbar wußten alle von diesem Verbrechen, nur ich nicht, es wurde einem ja nie erklärt. Der Gipfel des Verbrechens aber war der Mord an kleinen Mädchen. Das waren dann nur noch Monster. Ich kenne Frauen in meinem Alter, die noch heute nicht den Film *Es geschah am hellichten Tag* mit Rühmann und Fröbe sehen können. Fröbe, das Beispiel eines Mannes, mit dem ein Kind mitging, und dann war es tot und lag im Wald, einfach so. Für alle hatte das einen Grund, für mich nicht, er wurde nicht genannt, aber ich akzeptierte das ebenso, wie ich vor der Lektüre Kants stets einen weitaus laxeren Umgang mit synthetischen Urteilen *a priori* pflegte. Fröbe war so ein synthetisches Urteil *a priori*. Wenn ein schwarzer Mann auf ein kleines Mädchen trifft, folgt daraus der Tod des kleinen Mädchens. Auch der Tod des kleinen Jungen, aber das gab es im Film noch nicht. Das wurde mir immer nur erzählt.

Vor draußen und der Straße wurde stets gewarnt, als ich klein war. Entweder man wurde überfahren, nämlich von den Autos, oder man wurde auf jene ominöse Weise entleibt. Einmal geriet die ganze Nachbarschaft in Aufruhr, sammelte sich zu einer Gruppe, begann zu patrouillieren und einer jener dunklen Gestalten aufzulauern. Wenn man von unserem Hoftor aus die Straße entlang nach rechts an der alten Steinwerkefabrik vorbeiging und auch noch die Schaffell-Fabrik Schäfer hinter sich gelassen hatte, stand man unter den vierundzwanzig Hallen, unserem Eisenbahnviadukt, das sich in riesigem Schwung über das Rosental zog. Dort standen nicht eine, sondern zwei Eisenbahnbrükken, einmal das alte Viadukt aus dem vorvergangenen Jahrhundert, das Rosenthalviadukt, prächtig aus Sandstein mit Ornamentformen gearbeitet, es kündete vom Stolz der ersten Eisenbahnzeit, als alle noch ein Pioniergefühl hatten. Daneben stand eine neuere Brücke, eine erste Maßnahme der Verkehrserweiterung. Die alte Brücke war inzwischen marode und geschlossen. Bald würde zwischen beide eine dritte gebaut werden, dann aus Beton und nur noch rein funktional. Die große Brache unter den Brükken war verschattet, nicht nur von den Viadukten selbst, sondern auch von dem großen Gebüsch und den Bäumen, die an der Usa wuchsen. Das Gebiet galt als gefährlich. Als ich siebzehn war, wurde dort zum letzten Mal eine Frau umgebracht, übrigens angeblich von einem schwarzen GI in Joggingkleidung, der einige Wochen als der »farbige Jogger« durch unsere Heimatzeitung geisterte und dessentwegen eine Zeit lang Fahndungsposter mit einer Phantomzeichnung am Bahnhof hingen. Auch in meiner Kindheit geschahen dort Dinge, und einmal nun also war passiert, daß meine Schwester mit einigen Freundinnen nach Hause kam und von einem Mann erzählte, den sie dort gesehen hatten. Das war offenbar einer von denen, vor denen immer gewarnt wurde. Der Mann war hinter einem Gebüsch hervorgetreten, hatte seinen Mantel geöffnet, hatte keine Hosen an und war ein Exhibitionist, ein Wort, das ich damals zum ersten Mal hörte. Ich lernte: Es gab Männer (ich hatte schon immer vermutet, daß sie Mäntel trugen, um sich zu verbergen), die in Ecken und Winkeln auf eine Gruppe von Mädchen warteten, dann sprangen sie heraus und rissen ihren Mantel auf, so wie eine bestimmte Figur in der Sesamstraße immer ihren Mantel aufriß, um jemandem ganz geheime Dinge anzubieten, Buchstaben etwa. Der Buchstabenverkäufer in der Sesamstraße tat immer besonders sinister, von ihm kannte ich diese Geste des Mantelaufreißens. So stellte ich mir auch die Szene am Viadukt vor. Die Polizei wurde gerufen, und eine Viertelstunde später standen zum ersten Mal in meinem Leben Polizisten in unserem Hausflur und im Büro meines Vaters. Normalerweise gehörten die eigentlich auf die Straße oder ins Fernsehen, sie jetzt bei uns zu sehen brachte völlig die Sphären durcheinander. In meinem Kopf bildete sich etwa folgende logische Kette: Mann – dunkler Mantel – geheimer Winkel – Mädchen – Mantel öffnen – Mädchen erschrecken – Polizei. Wobei ich sagen muß, daß ich das Erschrecken nicht wirklich verstand. Dieses Erschrecken hatte eher etwas mit der abrupten Aktion des Mantelaufreißens zu tun. Genauso abrupt zogen die Mädchen manchmal vor mir ihre Hosen nach unten, wenn sich keine Eltern im Haus befanden und sie in dem anderen Zustand waren. Es hatte etwas mit Überraschung zu tun, allerdings erschrak ich nie darüber, ich wußte nur dann mal wieder nicht genau, was ich jetzt eigentlich tun sollte.

Die Mädchen mußten den Mann beschreiben, wurden genau nach dem Tathergang befragt, und sicherlich war währenddessen bereits ein zweiter Streifenwagen unter dem Rosenthalviadukt, und andere Polizisten suchten das Terrain nach dem Mann ab. Natürlich wurde er nicht gefunden.

Die Mädchen waren währenddessen immer noch in Aufruhr, inzwischen hatte sich die Gruppe bei uns einigermaßen zerstreut, die meisten waren nach Hause gegangen, alle standen wie unter Schock oder meinten zumindest, unter Schock stehen zu müssen. Schließlich hatte ihre Erzählung von dem eigenartigen Mann dazu geführt, daß die Polizei gekommen war! Ein paar Stunden später versammelten sich wieder einige der Mädchen bei uns, der Schock war nun merklich abgeklungen oder hatte sich, anders gesagt, transformiert in ein immer neues Erzählen der Begebenheit, ein Erzählen unter immer neuen

Aspekten, sie konnten von dem Thema nicht lassen, kicherten und gingen, glaube ich, jetzt auch in die Einzelheiten, aber nur solange kein Erwachsener dabei war. Sie fanden es unglaublich *eklig* und machten dabei wieder ihre Gesichter, und während die Mädchen so ihr Abenteuer hatten, an dem sie sich für die nächsten Tage in ihren Gesprächen und auf dem Schulhof würden festhalten können, begannen die Telefone im Mühlweg und in den anliegenden Straßen zu klingeln.

Im Grunde kannten sich die Leute in unserem Viertel nicht. Das Viertel existierte nicht so lange, daß es eine Geschichte und eine gewachsene Struktur hätte haben können. Eigentlich waren wir alle Siedler. Die Kontakte kamen, wenn, dann meistens darüber zustande, daß man entweder direkter Nachbar war oder daß die Kinder gemeinsam in dieselbe Grundschule gingen oder auf dieselbe weiterführende Schule. Wenn es etwas zu besprechen galt, ging man zu der betreffenden fremden Familie nicht hin, sondern man rief an, auch wenn sie lediglich hundert Meter entfernt wohnte. Die erste Welle der Telefonate an diesem Nachmittag beschäftigte sich mit der Frage, ob die Polizei das Schwein denn aufgegriffen habe. Natürlich existierten alle Informationen nur als Gerüchte, aber bis zum frühen Abend war offenbar geworden und bis in die letzte Wohnung im Barbaraviertel vorgedrungen, daß niemand gefunden worden war. Das setzte als nächstes folgende Gedankenbewegung in Gang: Wenn diese Sau weiter frei herumlief, konnte sich diese Sau weiterhin irgendwohin stellen und sich wieder entblößen, wahrscheinlich wieder am Viadukt oder in der Nähe, und wieder vor unseren Kindern. Den Kindern wurde gesagt: Siehst du einen fremden Mann, der etwas Seltsames macht, lauf gleich davon und sofort nach Hause!

Bei den Telefonaten wurde eine Art Sexualsoziogramm dieses Schweins im Mantel ohne Hosen entwickelt. Mosaikartig wurde dieses Soziogramm weitergebildet, bei den verschiedensten Telefonpaarungen, die an diesem Nachmittag telefonierten und insgesamt eine gigantische Telefonkette bildeten. Wenn dieser Mann sich vor den Kindern entblößte, war er ein Perverser. Ein Perverser war ganz grundlegend eine Gefahr. Einige wußten, daß das Entblößen nur der Anfang sei. Am Anfang werde entblößt, aber Gnade Gott, was als nächstes folgt. Er zog die Kinder ins Gebüsch. Er zog sie in einen Wagen und verschleppte sie. Er schleppte sie in den nächsten Wald und verging sich dort an ihnen. Er hielt sie tagelang gefangen, verging sich immer wieder an ihnen, und dann tötete er sie, oder er tötete das Kind gleich und fuhr wieder zurück und holte sich das nächste. Er war in diesen Gesprächen eigentlich bereits ein Massenkindermörder, zumindest drohte die Gefahr, und wenn die Polizei nichts tat (nächster Gedankenschritt), mußte man selbst etwas tun. In der nächsten Welle der Telefonate wurde vereinbart, daß die Männer zum Viadukt gehen sollten, dort selbst nachschauen und es am besten in den nächsten Tagen komplett überwachen sollten. Die Idee einer Bürgerwehr entstand in ihren Köpfen, auch wenn sie es so nicht nannten. Es endete damit, daß, straßauf, straßab, nach Beendigung all der Telefonate sich vereinzelt Familienväter auf der Straße zeigten, erst unentschlossen, sich beredend, zuerst nur zwei oder drei, dann aber schon sechs oder sieben oder mehr, einer bereits mit einem Schürhaken, die anderen noch ohne Bewaffnung. Sie gingen zurück und holten verschiedene Gegenstände, einer auch eine Schaufel. So standen sie etwas verloren im Mühlweg an einem Tag gegen Ende der siebziger Jahre, all die Menschen, die sich eigentlich gar nicht weiter kannten, über ihnen ein tiefer, grauer, auf der ganzen Szene lastender Himmel, durch den einzelne Sonnenstrahlen hindurchbrechen und einzelne Details schlaglichtartig beleuchten konnten, das Geäst der riesigen Linde inmitten des Mühlwegs etwa oder vielleicht auch einen gußeisernen Zaun oder ein einzelnes Gesicht. Sie standen auf der Straße und versuchten sich zu ordnen, denn noch wenige Minuten zuvor hätte niemand von ihnen damit gerechnet, plötzlich Teil einer solchen bewaffneten Bewegung zu sein. Niemals hatten sie sich bei uns im Viertel bewaffnet, und nie waren sie gemeinsam als Gruppe losgezogen. Der eine oder andere hatte zwar einen Knüppel im Schlafzimmer hinter der Gardine stehen, um seine Ehefrau und sich im Notfall gegen den Eindringling im Schlafzimmer zu schützen, aber der Knüppel stand nur da, weil es die Ehefrau so wollte. Und es waren meist Männer, bei denen im Notfall dann doch eher die Frauen nach dem Knüppel hinter der Gardine gegriffen hätten.

Auf der Straße mußten sie erst eine Meinungsführerschaft finden. Der größte von allen war zwar Herr Niebel, aber Herr Niebel war schlaksig, lief etwas gebeugt, trug eine Brille, war überdies schüchtern und kam als Führungsfigur nicht in Frage. Es ging immerhin um die Verteidigung ihrer Kinder! Wenn der körperlich Größte nicht automatisch die Autorität in einer gerade gebildeten Gruppe innehat, dann geht zunächst der voran, der am entschiedensten auftritt. Der entschiedene Auftritt kann entweder durch die Körperkraft begründet sein oder durch besonders viel und besonders überzeugendes Reden. Wie keine Gruppe auf der Welt existieren kann, die sich nicht sofort in Rangstufen untergliedert, so bildete sich auch in dieser Gruppe binnen kurzem völlig unbewußt durch Gesten, Körperhaltungen, Worte und Größenverhältnisse eine jedem evidente und gleichsam durch die Natur der Einzelwesen der Gruppe bedingte Rangordnung heraus, und Herr Eiler war der Führer der Gruppe.

Warum Herr Eiler der Führer der Gruppe war (unser direkt gegenüber wohnender jugoslawischer Nachbar), wäre einem Außenstehenden nicht sofort ersichtlich geworden. Herr Eiler war eher klein, wenn auch nicht schmächtig gebaut, und er hatte gar keine Tochter, die er etwa hätte vor dem Perversen am Rosenthalviadukt schützen müssen. Er trug überdies nur schwache Bewaffnung bei sich (einen Hammer). Er galt nicht als übermäßig intelligent, und im Normalfall wäre er, hätte die Gruppe einen anderen Grund für ihr Zusammenfinden gehabt, auf einen minderen Rang gestuft worden. Wenn Herr Eiler etwa wegen seiner jährlichen Steuererklärung bei uns im Büro vor meinem Vater saß, ehrfürchtig vor allem, was Papier und Formalität war, dann war er kaum größer als ein Zwerg und stellte alle Fragen äußerst verschüchtert. Hier nun aber auf der Straße kam von Herrn Eiler vor allem die Tatsache zur Geltung, daß er Nachtwächter in der Zuckerfabrik war. Herr Niebel war Kaufmann. Herr Wagner war Allgemeinmediziner. Herr Powileit war Angestellter bei der Firma Braun. Herr Jakumeit arbeitete oben auf der Kaiserstraße beim Expert-Laden Breitenfelder und verkaufte Hifi-Anlagen. Herr Eiler aber lief nachts durch die Zuckerfabrik und sicherte das Gelände. Er saß in seiner Kabine mit seiner Thermoskanne und einem Wurstbrot, las Zeitung, machte Kreuzworträtsel und ging ein paarmal die Nacht los, um seine Runde zu drehen. Und da es hier sozusagen auch um das Drehen einer Runde ging, nämlich beim Viadukt, hatte Herr Eiler automatisch die größte Autorität und war der natürliche Anführer der Sache. Er war dann auch derjenige, der das Kommando zum Aufbruch gab. So setzte sich die Gruppe langsam in Bewegung und lief durch den Mühlweg nordwestwärts, fast wie niedergedrückt unter dem seltsamen Himmel und doch immer wieder jäh erleuchtet von einem grellen Schlaglicht. Vereinzelt blicken Hausfrauen aus den Fenstern ihrer kleinen Häuser. Manchmal stehen Kinder neben ihnen. Sie schauen dem Zug hinterher, als zöge er in die Ferne, zu einem Abenteuer oder in eine entscheidende Schlacht. Bei den Wagners, der Familie des Allgemeinmediziners, steht auch der siebzehnjährige Sohn Christian am Fenster, blickt seinem Vater hinterher und denkt sich, die sind ja völlig wahnsinnig. Was wollen die denn? Was wollen die vor allem mit diesen Stangen und Schaufeln und Schürhaken? Daneben seine Mutter, die nur leise vor sich hin murmelt, lieber Gott, möge ihnen nichts passieren.

Man merkt, wie nun der Versuch einer gegenseitigen Ermunterung durch die Gruppe geht auf ihrem Weg zum Viadukt. Die einen winken froh und mutig den Betrachtern in ihren Häusern zu und rufen Dinge wie: Es wird schon nichts geschehen. Man gehe nur einmal nachschauen. Die anderen beginnen über ganz anderes zu reden, sie feixen oder tauschen Klatsch aus. Alle versuchen nun, eine *muntere* Gruppe zu sein. Ich sehe es wie im Bühnenlicht vor mir, eine Szene wie aus einem Schillerstück. Genau zu einer solchen *munteren* Gruppe wurden sie auch immer, wenn sie mit ihrer Stammwirtschaft im Reisebus die jährliche Fahrt zur Bierprobe bei der Licher Brauerei einige zehn Kilometer nördlich von uns machten. Man wollte dann gegenüber der Laune des Sitznachbarn nicht abfallen, jeder war dezidiert aufgeräumt, und auch diese Busreise hatte stets einen gewissen Abenteuercharakter. Man saß dann zum Beispiel neben fremden oder nur entfernt bekannten Frauen, denen gegenüber man seine besten und lustigsten Seiten hervorkehren wollte, und überhaupt waren sie dann alle durch ihre Vorfreude aufgeregt wie die Hühner, wenn es zur Licher Brauerei ging, und standen dort in der Brauerei auch tatsächlich wie die Pennäler beim Schulausflug herum und betrachteten die Anlagen, machten witzige Sprüche, wußten Fachkundiges anzumerken, jeder tastete sich in seine Gruppenrolle hinein, wie ein Jungvogel seine ersten Flügelschläge macht, zunächst noch vom Nestrand aus und quasi nur probeweise. Immer wenn es zur Licher ging, wurden sie alle jung und waren wieder zehn oder zwölf Jahre, hatten sozusagen wieder kurze Hosen an und verhielten sich auch so.

Die Gruppe hatte sich inzwischen vollständig definiert. Ablesbar war die Autoritätsreihenfolge an der Position innerhalb des Zugs. Vorneweg schritten Herr Eiler und Herr Neugebauer. Letzterer war verhältnismäßig groß, redete immer klar und äußerte sich interessiert und sachlich. Er hatte sich sicherlich auch deshalb an die Spitze der Gruppe gesetzt, weil, wie in jeder Gruppe, ein Großteil der Versammelten, besonders die weiter hinten, zu Unordnung neigten. Diese mußten von vorn zu Disziplin und Anschluß gerufen werden. Es war schon bis zum Viadukt schwer, die Gruppe überhaupt beieinanderzuhalten. Powileit und Jakumeit waren unterdessen so ins Schwätzen verfallen, daß sie immer wieder unbewußt haltmachten. Sie blieben vor dem Haus Mühlweg 12 stehen und sprachen über die jüngst renovierte Fassade des Hauses und was man da alles hätte besser machen können. Herr Niebel verzögerte seinen Schritt sogar absichtlich, denn er war von seinem anfänglichen mutigen Entschluß, mit zum Viadukt zu marschieren, nun gar nicht mehr überzeugt, zweifelte insgesamt das Vorhaben an und hatte Herrn Wagner mit einer Unzahl von Argumenten fast dazu gebracht, ebenfalls von alldem hier Abstand zu nehmen. Aber sie wurden doch von der Gruppe hinterhergezogen wie trockenes Laub von einem vorbeifahrenden Auto.

Am Viadukt die Gruppe aufteilen oder zusammenbleiben? Obgleich ich nichts davon sah (ich war ja im Mühlweg zurückgeblieben), steht alles vor mir: wie sie zunächst vor der Brache haltmachen, sich überlegen, welchen Weg der Exhibitionist genommen haben könnte, sich noch einmal durch Nachfrage vergewissern, wo die Mädchen denn genau den Mann gesehen hätten, ob hinten direkt an der Usa oder doch vielleicht weiter vorn Richtung Burgberg, oder dort im Gebüsch an dem Weg, den mein geburtsbehinderter Onkel J. früher immer genommen hatte, wenn er von der Firma zurück zu seinem Elternhaus nach Bad Nauheim gelaufen war (zu einer Zeit, als die meisten Häuser im Mühlweg noch gar nicht gestanden hatten und ein Herr Neugebauer und ein Herr Niebel oder auch mein Vater noch gar nicht ahnen konnten, jemals hier zu wohnen). Da wir uns ja erst gegen Ende der siebziger Jahre befinden, gibt es natürlich noch keine Mobiltelefone. Zwei Jahrzehnte später wären sie mit ihren Mobiltelefonen durch die Schlucht am Rosenthalviadukt gelaufen und hätten die Tochter angerufen, wo genau denn der böse Mann jetzt gestanden habe, und noch ein Jahrzehnt später hätten die Mädchen den Täter gefilmt und anschließend begeistert herumgezeigt, wie *eklig* das gewesen sei, so ein Typ an den vierundzwanzig Hallen, und wie doof, hat gar nicht gemerkt, daß wir ihn gefilmt haben. Damals, es war etwa zur Zeit von *Krieg der Sterne*, war Videobeweismaterial noch nicht direkt verfügbar, und man konnte auch nur zu Hause anrufen, wenn irgendwo eine Telefonzelle stand. Die einzige im Barbaraviertel befand sich aber im Mühlweg vor dem Metzger Blum, da konnte man auch gleich nach Hause laufen und noch einmal nachfragen.

Nun spalten sie sich auf, Wagner und Eiler suchen das Usa-Ufer ab, Jakumeit untersucht das Gebüsch an den Viaduktpfeilern und hält währenddessen seine Schaufel auf eigenartige Weise in den Händen, nämlich nicht, um damit auf jemanden draufzuhauen, sondern es sieht so aus, als wolle er gleich zu schaufeln beginnen – er hält sie leicht zu Boden geneigt wie bei der Gartenarbeit. Vom Burgberg ertönt ein leiser Schreckensschrei, denn Niebel stößt hinter einer Baumgruppe unversehens auf Powileit, der dort schon am Suchen ist.

Vorstellbar natürlich auch, daß gerade irgendwer vorbeikommt, etwa mein Onkel J., der ja gern an der Usa spazierenging. Ein Moment des Verdachts flakkert dann allerdings nicht auf, denn J. wäre von den Mädchen identifiziert worden, wenn er vor ihnen seinen Mantel geöffnet und sich hergezeigt hätte, sie kannten ihn ja alle, überdies hatte er gar keinen Mantel, sondern nur seinen jagdfarbenen Parka.

Oder Herr Herrmann von der Bindernagelschen Buchhandlung, der heute einmal zufällig beschlossen hat, einen Spaziergang an der Usa zu machen, kommt entlanggeschlendert, und Jakumeit hebt einen Augenblick überrascht und wie zur Abwehr die Schaufel. Herr Herrmann überblickt die Gruppe der Barbaraviertler, wie sie in diesem seltsamen Licht unter dem bleiernen Himmel auf die verschiedenartigste Weise bewaffnet über die Wege und durch die Büsche strömen, jeder höchst konzentriert und alle zusammen natürlich ein völlig lächerliches Bild. Vielleicht hat er seine Tochter dabei. Sie ist neun oder zehn Jahre alt. Die Tochter betrachtet die Gruppe ebenfalls.

Passen Sie nur auf, Herr Herrmann, sagt dann jemand (mit Blick auf die Tochter des Buchhändlers), hier treibt sich einer herum, er hat heute nachmittag die Töchter vom ... und vom ... belästigt.

So, haben Sie ihn gesehen? Was hat er denn angehabt, fragt Herr Herrmann, der an diesem Tag einen knielangen Übergangsmantel trägt.

Einen Übergangsmantel, bekommt er zur Antwort, bis über die Knie.

So, sagt Herr Herrmann, während sein Unterredner die Suche fortsetzt und wieder auf Herrmanns Tochter blickt.

Lassen Sie Ihre Tochter bloß nicht allein hier herumlaufen!

Ja, das glaube ich auch, sagt Herr Herrmann mit Blick auf all die Knüppel und Äxte und Schürhaken und geht dann wieder davon, seine Tochter an der Hand.

Eine Viertelstunde später kommt das Rückzugskommando an die Gruppe, man finde wohl nichts, der sei über alle Berge, und man könne hier nicht bis zum nächsten Morgen Posten stehen. Besser, wenn sie tags drauf wieder nachschauen gehen. Inzwischen beginnt es auch ein wenig zu nieseln. Und Herr Eiler muß sich auf seinen Nachtdienst vorbereiten. So laufen sie unverrichteter Dinge die Straße zurück in ihre Häuser, und die Töchter stecken noch immer zusammen im Haus der Jakumeits oder Powileits, die Mutter ist gerade bei der Nachbarin, um sich in ihrem Schrecken Linderung durch ein Gespräch zu verschaffen, und die jüngeren Kinder gucken just in diesem Moment, die Abwesenheit ausnutzend, mal wieder gegenseitig in sich hinein, was der Exhibitionist vielleicht auch gern gesehen hätte, aber nicht sehen darf, weil er nicht zu den Kindern dazugehört, sondern ein Exhibitionist ist irgendwo da draußen im dunkler werdenden Tag.

Die Männer kommen von ihrem Abenteuer nach Hause, noch aufgewühlt von dem Gefühl, einmal ganz außerhalb der täglichen Ordnung selbst das Heft des Handelns in die Hand genommen zu haben. Glücklicherweise ist nichts passiert. Sie hätten ja auch jemandem den Garaus machen können. Das mußten sie aber nicht. Und es wäre auch nur aus Zufall oder Unüberlegtheit geschehen. Oder besser gesagt, es wäre gar nicht geschehen, weil die anderen den Betreffenden ja wohl zurückgehalten hätten. Oder sie hätten alle gemeinsam plötzlich und wie verabredet im Blutrausch auf den Kinderschänder eingehackt. Und so gelangen sie nach Hause, noch unter Adrenalin, und kommen erst langsam auf Normallevel herunter, der eine setzt sich in seinen Sessel und öffnet ein Bier, der andere widmet sich dem Blauen Bock (den schaute mein Vater auch gern, besonders beliebt war, wenn Chöre junger, zwölf- oder dreizehn- oder vierzehnjähriger Mädchen auftraten, dann bekamen die Barbaraviertler Stielaugen infolge dieser Frische und Natürlichkeit, und weil das einfach so schön war, wie sie sagten), ein anderer steht bei seiner Frau in der Küche, erkundigt sich nach dem Abendessen und überlegt dabei, ob er nicht noch einmal in den Keller oder in die Garage gehen soll, wo sich die Werkstatt befindet und man seine Ruhe hat und übrigens auch die Magazine versteckt sind, die regelmäßig einmal am Tag benutzt werden, sonst wäre es kein Leben. Und einer, ohnehin schon endgültig zerstritten mit der Ehefrau, geht sowieso zum Dicken Turm, weil heute Freitag oder Samstag ist, denn er geht immer freitags oder samstags zum Dicken Turm, da trifft man sich, und auch die halbe obere Stadtverwaltung ist dann da, in den *Burgstuben*, das heißt der männliche Teil. Dann ist die Welt für einige Stunden wieder in Ordnung und eigentlich, wie sie sein soll, und alle Taxifahrer in Friedberg wissen, daß sie an diesem Abend jeden Fahrgast sofort vergessen haben werden, kaum ist er ausgestiegen und hat sein immenses Trinkgeld dagelassen. Manche lassen sich sogar eine Spesenquittung schreiben. Die wird dann als Geschäftsausgabe angesetzt. Und vielleicht läuft ja im Spätprogramm gerade heute, als runder Abschluß für den Tag, auch noch der Tatort *Reifezeugnis*.

Die Wetterauer Zeitung berichtete anschließend ordnungsgemäß über die männliche Person im Gebüsch, die sich entblößt hatte. Ich glaube, irgendwann in den Folgewochen wurde jemand im Kurpark in Bad Nauheim aufgegriffen. Ob man ihn in der Stadt kannte, weiß ich nicht. Ich war damals noch jung und malte es mir nicht groß aus. Vielleicht interessierte es mich auch gar nicht weiter, weil es im Grunde gewöhnlich war. Jeden Tag war all das immer überall gegenwärtig, in allen Farben und Schattierungen, von den Kindern bis hin zu den Barbaraviertlern vor ihren Fernsehern oder in ihren Kellern und Garagen, und ganz am Ende der Kette gab es dann mit regelmäßiger Notwendigkeit jemanden in der Zeitung, der den Mantel geöffnet oder sich anderweitig in irgendeiner Weise zum Perversen gemacht hatte, als Schlußglied und öffentlich. Hin und wieder auch ein GI-Vergewaltiger. Das gehörte immer unbedingt dazu, immer mußte einer der »Wer hat Angst vor dem bösen Mann«-Mann sein, wenigstens alle paar Wochen oder Monate. Immer mußte jemand her, vor dem man Angst haben konnte. Ich lebte, ohne es zu wissen, in einer kompletten Sexwelt, nur daß es das Wort gar nicht gab, und auch heute ist es nur in lateinischer Medizinersprache ausdrückbar und hat keinen eigenen Wortlaut. Es gab überhaupt keine Sprache dafür, denn es war omnipräsent und lag allem zugrunde, und die gemeinsame Verabredung war – die Kinder, die steckten, hatten das noch nicht gelernt –, daß all das nicht existierte und nie zur Sprache kommen würde, nur eben in Form des ganz Bösen, das dann aber auch nur das »ganz Böse« genannt wurde, ohne weitere Inhaltsangabe des Böseseins, abgesehen davon, daß die Kinder verzehrt wurden oder dieses Böse immer etwa so aussah wie Gert Fröbe.

H. lief einige Tage später unter dem Viadukt entlang und stellte die Jagd auf das Monster noch einmal ganz privat für sich nach. Er klingelte bei mir, dann zogen wir los, ich hinter ihm her. H. hielt zuerst eine große ironische Brandrede gegen die Gefahr durch Menschen, die sich öffentlich nackt darstellten, und gegen die Untätigkeit der Polizei. Aus seinem Mund klang das alles so absurd, wie es in Wirklichkeit natürlich auch war. Dann brach er sich einen Ast ab, nahm ihn als Knüppel, sprang damit hinter Büsche und in dunkle Winkel hinein und rief theatralisch: Hab ich dich, du Schwein, du dreckige Sau, ich bring dich um, dich hier auszuziehen, früher hätte es so was nicht gegeben, früher haben sie hier Autobahnen gebaut!

Kaum hatte er eines der Schweine erschlagen, raunte er mir zu: Hier sind noch mehr, wir müssen noch weitere finden und erschlagen. Erst müssen wir sie finden, rief er, dann müssen wir sie erschlagen, bis die ganze Welt sauber ist, denn das ist, rief er einem fiktiven Publikum zu, was wir wollen: eine saubere und bessere Welt. Schau, da, im Busch, da regt es sich, da ist wieder einer drin.

H. lief zu dem Busch und prügelte auf ihn ein, wieder mit einer Schimpfkanonade. Wir sind hier in Friedberg, rief er, wir sind hier ordentlich, hier gibt es nicht solche Erregungen und solche Sauereien, das wird bestraft hier, das bestrafen wir selbst, wir hängen euch auf, wir massakrieren euch. Am Ende war H. selbst merklich erregt und erschöpft, er hatte sicherlich mindestens sechs oder sieben von den fiktiven Schweinen erschlagen und sagte dann, so, jetzt ist alles wieder sauber, gehen wir nach Hause.

Eines Tages lief ich in der frühen Abenddämmerung an der Usa entlang und sah in die Hintergärten im Mühlweg hinein, die auf der anderen Uferseite lagen. Es bot sich das übliche Bild. Es gab die ganz aufgeräumten Gärten mit ausgedehnter Terrasse, drum herum Rabatten, es gab die Gärten, die für Gemüse genutzt wurden, und es gab solche, in denen gearbeitet wurde und die eher einer Abstellkammer glichen. Wenn man die Abfolge der Gärten musterte, sah man zugleich verschiedene Wetterauer Jahrzehnte vor sich, mit den jeweils zeitgemäßen Versatzstücken, von uralten Bolleröfen und verrotteten Apfelstiegen über abgehalfterte Hollywoodschaukeln und ausgemusterte Autoreifen bis hin zu Basketballkörben, den ersten neumodischen Glaspavillons und den damals modernsten Gartengrillanlagen aus dem Baumarkt. Die Friedberger spazierten gern am Usa-Ufer entlang, es erstreckte sich dort eine Promenade. Im Fenster eines Hauses sah ich einen Jungen aus meiner Schule, der zwei Klassen unter mir war. Er schaute hinaus, sah mich aber nicht, ich war zu weit entfernt. Vor mir lief ein Spaziergänger, ein erwachsener Mann. Der

Junge verfolgte ihn mit dem Blick. Als der Mann auf seiner Höhe war (die Usa lag zwischen ihnen), kletterte der Junge ins Fenster und setzte sich auf die Fensterbank. Er war vollkommen nackt und schaute weiterhin zu dem Spaziergänger. Er spreizte merklich die Beine, wie er im Fensterrahmen saß. Der Spaziergänger sah aber nicht hinüber. Der Junge blieb eine Weile so sitzen, dann kletterte er wieder hinein. Ich lief weiter, nach einer Weile kamen wieder ein oder zwei Spaziergänger, der betreffende Junge kletterte wieder hinaus und setzte sich hin. Das ging eine ganze Weile so. Manchmal schauten die Passanten über die Usa, manchmal nicht. Es kam mir aber so vor, als würden sie nichts bemerken. Vielleicht sahen sie, was sie sahen, dachten aber gar nicht darüber nach.

Ich sah ihn nochmal. An einem anderen Tag, Wochenende, klares Wetter, stand er im Erdgeschoß hinter der Gardine und schlug diese zurück, wenn ein Passant vorbeikam. Er hatte die Hose gar nicht ausgezogen, sondern nur heruntergestreift, sie hing ihm etwa auf Kniehöhe. Er war sichtlich erregt.

Der Junge war an sich nicht weiter ungewöhnlich, ich kannte ihn als jüngeren Bruder eines Klassenkameraden. Er galt als guter Schüler, besonders lag ihm Rechnen. Meist war er den anderen voraus. Sein Elternhaus war nicht weiter auffällig. Man sagte, daß er eine Menge Batman- und Spiderman-

Comics zu Hause hatte und viel über diese Heftserien wußte. Vielleicht war er ein ähnlicher Fachmann darin wie mein älterer Bruder für die Heftserie Perry Rhodan. Ich erinnere mich daran, daß ich einmal – vielleicht zwei Jahre nachdem ich den Jungen im Fenster gesehen hatte – bei einer Busreise zu einem Tagesausflug ins Atomkraftwerk Biblis neben ihm saß (wir wurden damals alle ins Atomkraftwerk geschickt, weil wir uns von frühauf für diese Technik interessieren und eine Begeisterung für sie entwikkeln sollten). Er hatte ein Spidermanheft dabei und las die halbe Fahrt über darin. Im Atomkraftwerk war er sehr aufmerksam und stellte einige Fragen. Besonderen Kontakt zu Mädchen schien er nicht zu haben. Es war ein ganz normaler Junge, der dort im Fenster stand, abgesehen davon, daß er eben im Fenster stand, allein mit sich und vor seiner Umwelt. Etwas daran faszinierte mich. Natürlich war er seitdem für mich ein anderer als vorher, aber ich sprach mit niemandem darüber, und mit ihm auch nicht. Es war sein öffentliches Geheimnis.

Übrigens war der Übergang von dem, was die Mädchen taten, hin zu dem, wie der Junge im Fenster stand oder auf seiner Fensterbank saß, für mich nicht schwer nachzuvollziehen. Ich war ja, wie gesagt, einige Jahre zuvor daran gewöhnt gewesen, daß die Mädchen mich irgendwo hinzogen, plötzlich ihre Röckchen hoben oder ihre Kinderhosen fallen ließen und dann nach einem Moment schreiend und lachend davonstoben. Den Jungen im Fenster verstand ich besser als sie. Die Mädchen hatten mich ja bloß dominiert mit ihrem Rockgehebe, ich war sozusagen ihr Opfer gewesen, denn sie hatten mich bloß dafür gebraucht, daß sie anschließend schreiend loslachen und wegrennen konnten, weil es ihnen eine Lust verschafft hatte, mir, dem Kleineren, zu zeigen, was sie hatten. Es war ja nicht einmal eine Gefahr für sie dabeigewesen. Es war die bequemste Variante. Der Junge im Fenster dagegen wagte etwas. Er wirkte, wie er dastand, aus der Welt gefallen. Ich sehe ihn bis heute vor mir. Es war wie ein erster Schmerz, wie der erste hilflose Schmerz.

Der nackte Junge stammte aus der anderen Welt, dieser Welt, die überall da war und hinter der normalen hervorschien. Es war diese Welt, in der man sich Dinge hineinsteckte, sich zeigte, sich mit Knüppeln bewaffnete, sich in die Büsche schlug, und ich zählte den nackten Jungen ganz selbstverständlich zu ihr. Daß er allein war, nicht wie die Freundinnen meiner Schwester in der Gruppe, und daß er sich den ganz Unbekannten zeigte, war für mich sogar noch eher nachzuvollziehen, weil es zeigte, daß er nicht in dem Sinne normal funktionierte wie die anderen, sondern daß da mindestens eine Traurigkeit oder Einsamkeit zugrunde liegen mußte, irgend etwas Unfunktionierendes, wie ich es von H. und seiner Familie kannte. Also der Familie, in der man nie die Hosen ausgezogen hätte, weil jeder gewußt hätte, was das bedeutet. Daher war ein nackter Junge im Fensterrahmen für mich nichts Unbegreifliches. Er sah übrigens völlig normal aus, es hätten auch H. oder ich sein können.

Eines Tages, ein paar Jahre vor dem Jungen im Fenster und dem Geschehen am Viadukt, war ich im Kino gewesen. Es war noch zur Grundschulzeit. Ich weiß nicht mehr, mit wem ich hingegangen war, vermutlich mit meinem Bruder. Wir sahen eine mir unbekannte Geschichte, *Alice im Wunderland*, den Zeichentrickfilm aus den Walt Disney Studios. Mein Bruder und ich waren ein ungleiches Kinogespann, denn er war fünf Jahre älter als ich. Durch ihn kam ich vergleichsweise früh ins Kino, und er war aus der Zeit, in der man Filme für Kinder sah, vielleicht noch nicht ganz herausgewachsen, obgleich er sich schon seit längerer Zeit in seinen Science-Fiction-Welten bewegte. Vielleicht war es auch ganz anders, und er hatte Lewis Carroll bereits gelesen und das Buch selbst schon ganz ernst genommen, nicht nur als Aneinanderreihung phantastischer Episoden, sondern als Spiel mit der Aufhebung unseres Raum-Zeit-Kontinuums und als analytische Verspottung unserer unreflektierten Alltagslogik. Möglicherweise hatte er den Film auch nur deshalb ansehen wollen, weil eine Folge der Fernsehserie Raumschiff Enterprise auf die Illustrationen in Lewis Carrolls Alice im Wunderland und den Film Bezug nahm, also aus quasi quellenforscherischem Interesse.

Ich saß im Kino und war gebannt. Um mich herum der riesige Saal mit seinen roten Plüschpolstersesseln und seinen roten Plüschtapetenwänden, es wurde dunkel, die alte Platzanweiserin lief noch mit ihrer Taschenlampe auf und ab und zeigte den Nachzüglern, wo sie sich hinsetzen könnten, dann ging der Vorhang auf, und der Film begann.

Das Kino hatte für mich eine anheimelnde, aber auch abenteuerliche Atmosphäre. Die meisten Filme, die dort liefen, waren nichts für mich und gingen mich nichts an. Es waren Dinge, die ich erst später verstehen sollte. Damals hing zum Beispiel *Emmanuelle* als Plakat in den Auslagen, auf dem Plakat sah man Frauen, und darunter stand *Einlaß ab 16 Jahre*. Vielleicht stand da auch *Einlaß ab 18 Jahre*. Beides war für mich dasselbe, der Unterschied zwischen 16 und 18 Jahren war für mich damals nicht anders als der zwischen 60 und 80 Jahren. Diese Filme waren etwas für andere. In den Filmen mit *Einlaß ab 16* oder *18 Jahre* ging es einerseits, soviel wußte ich, um Abenteuer, Mord und Brutalität, sie waren meistens mit Clint Eastwood und Charles Bronson oder solchen Schauspielern, die ich allesamt aus dem Fernsehen kannte. Das waren Leute, die, nachdem irgendein Unrecht geschehen war, als einsame Rächer herumzogen und alles niedermähten. Zu diesen Abenteuer-Mord-Brutal-Filmen gehörten auch solche, die im weitesten Sinne etwas mit Krieg oder Soldaten zu tun hatten, bisweilen auch mit dem orgiastischen, blutigen Rom und massenhaft abgeschlagenen Körperteilen. Die andere Kategorie betraf Filme, auf deren Plakaten stets Frauen zu sehen waren, worüber ich mir die längste Zeit überhaupt keine Gedanken machte. Ich nahm es einfach hin bzw. achtete nicht weiter darauf, so wie ich ja auch die ersten elf, zwölf Jahre meines Lebens nie darüber nachdachte, warum Menschen um mich herum rauchten oder Alkohol tranken. Es hatte nichts mit mir zu tun.

Ich saß in dem Plüschsessel, der sehr weich war, hatte eine Schachtel Eispralinen in der Hand und sah also den Vorhang aufgehen. Ich sog damals Filme geradezu in mich hinein, schon der Vorspann mit seiner grauenhaft kitschigen Musik war mir bei Alice im Wunderland wie eine atmosphärische Verheißung des Kommenden, wie etwas, in dem schon alles Folgende enthalten war. Ich schaute sämtliche Filme vom Beginn des Vorspanns und blieb, meinem Ordnungs- und Vollständigkeitswahn folgend, bis zum letzten Wort und dem letzten Ton des Abspanns sitzen, und das Wiederangehen des Saallichts löste in mir jedesmal eine kleine Empörung aus.

An einem der folgenden Tage war in meiner Schule ein Wandertag angesetzt. Wir versammelten uns alle mit Rucksäcken und Tornistern, vollgepackt mit Broten und Feldflaschen etc., und liefen zum Steinernen Kreuz, einem kleinen Denkmal mitten im Feld zwischen Friedberg und Ockstadt. Es war sommerlich warm, der Weizen wogte auf den Feldern, der Himmel hatte sein Wetterauer Blau, im Hintergrund lag der Taunus als Sichtbegrenzung, und die Kinder schrien und kreischten eine Weile, bis eine gewisse Erschöpfungsruhe eintrat. Ich hatte in meinem Kopf immer noch den Alice-im-Wunderland-Film. Ich war noch ganz in der Alice-Welt gefangen, gemeinsam mit ihr, dem Mädchen selbst, und konnte mir in meinen Gedanken nach wie vor diese Welt errichten, die Wunderwelt, auch während des Wandertags. Ich lief damals oft so durch die Gegend, daß ich mir Dinge selbst erzählte oder mir Bilder vorstellte oder vor mich hin sprach, wodurch ich nicht selten einen leicht abwesenden Eindruck machte.

Ich weiß nicht mehr, wie das nun folgende Gespräch über Alice im Wunderland auf meinem Wandertag begann, ob mich jemand fragte: Was hast du denn gestern gemacht?; oder: Warst du im Kino in Alice im Wunderland?; oder: Hast du einen Film gesehen in letzter Zeit? Ich saß da, auf einem Baumstumpf, schaute unter mich auf die braune Wetterauer Erde, in der sich nichts spiegelte (im Gegensatz zu dem englischen Teich, in den Alice hineinschaut), und wünschte mir, es möchten ebensolche Figuren wie aus dem Film erscheinen und am liebsten Alice selbst, mit der ich dann hätte reden oder herumlaufen können, und möglicherweise hätten wir beide uns an den Händen gehalten, uns gegenseitig ineinander vergraben und nichts mehr von der Welt um uns herum und diesem Wandertag mitbekommen. Ich sah den grünen Rasen und die Wiesenblumen des Films vor mir, die aufgeräumte Landschaft, die malerischen Wolken – oder war der Himmel klar? Ich weiß es nicht mehr. Es war ein Idyll. Ein Idyll mit einem Mädchen: Alice.

Vielleicht fragte mich dort am Steinernen Kreuz auch jemand: Hast du ein Mädchen besonders gern? Ob es jener Junge namens Göttlich war, kann ich nicht sagen. Oder auch: Denkst du gerade an ein Mädchen?

Ich zog mit einem Stöckchen Kreise in die Wetterauer Feldwegerde und könnte, unvorsichtig wie ich war, auf die letzte Frage geantwortet haben: An Alice denke ich. An Alice im Wunderland.

Die aus dem Film?

Ja, ich habe den Film gesehen.

Und er hat dir gefallen?

Ja. Ich habe zwar die ganzen Abenteuer nicht so gemocht, aber eigentlich träumt sie ja alles nur, und eigentlich spielt alles bloß an einem Teich, in den sie hineinschaut.

Also magst du dieses Mädchen.

Es ist eine Zeichentrickfigur.

Aber du magst sie?

Der, der da sprach, muß der Teufel selbst gewesen sein. Vielleicht war es wirklich wieder jener Göttlich.

Wenn du sie süß findest – süß, das Wort hast du doch eben gesagt –, dann magst du sie, und Alice ist also das Mädchen, das du derzeit am liebsten hast. Und was würdest du gern mit ihr machen?

Ich sagte daraufhin, ich würde ... keine Ahnung ... ich würde mit ihr herumlaufen. Ich würde sie anschauen. Wir würden vielleicht Hand in Hand herumlaufen.

Der Junge lachte. Er lachte etwas herablassend. Er meinte es aber offenbar nicht böse mit mir.

Beschreibe sie mir doch mal, ich habe den Film nicht gesehen.

Nun, sie ist ... sie hat so lange blonde Haare, und ganz blaue Augen.

Lange blonde Haare, blaue Augen, so.

Sie trägt einen dicken Rock und weiße Strümpfe und hat ... die Nase ist eigentlich ganz schön. Und die Augen sind sehr groß, wenn sie einen anschaut.

Sag mal, weißt du eigentlich, was Jungen und Mädchen zusammen machen?

Ich konnte diese Frage nicht beantworten. Das heißt, ich hätte darauf alles mögliche antworten können. Ich begriff den Sinn der Frage nicht, da man gemeinhin nach so Allgemeinem nicht fragte. Er hätte auch fragen können, wohin kann man mit dem Fahrrad fahren. Dann hätte ich geantwortet, überallhin, von Calais bis Wladiwostok.

Du meinst also, du willst mit ihr so über die Wiese laufen, so Händchen haltend. Willst du sie auch küssen?

Weiß ich nicht. Warum?

Und wenn du dann mit ihr zusammen wärest, dann fühlst du dich doch wahrscheinlich ganz anders?

Ich weiß nicht.

Ich weiß es aber ganz genau. Du willst sie ficken.

Jetzt war das Wort gefallen. Ich kannte es zwar, aber ich hatte keine rechte Vorstellung, was er damit meinte. Ich konnte das weder bejahen noch verneinen.

Du willst deinen Schwanz in sie hineinstecken.

Ich konnte dazu nichts sagen. Mir fiel nicht ein, daß das, rein technisch gesehen, bei der Menge von Unterröcken, die Alice trug, gar nicht so leicht möglich wäre – mir fiel nicht einmal ein, daß das überhaupt etwas mit den Röcken zu tun haben könnte. Ich hatte noch kein organisches Bild vor Augen, bekam es jetzt aber auf meinem Wandertag durch genaue Erklärung. Durch eine genaue Erklärung in Kinderworten. Man würde also zwar zuerst vielleicht wirklich über die Wiese laufen, aber dann würde man sich ausziehen, weil ohne das es nicht gehe, man komme sonst nicht heran, und dann steckt man sich ineinander und liebt sich sehr stark. Daß auf diese Weise Kinder entstehen, also daß bei mir und Alice Kinder entstehen würden, wenn wir über die Wiese liefen, uns dann auszögen und hineinsteckten (vorne) und liebten, das erfuhr ich auch sofort gleich mit. Es schien mir das noch im gleichen Augenblick (auch wenn ich dem Jungen nicht gerade traute) übrigens die erste wirklich wahrscheinliche, wenn auch völlig unerwartete Erklärung für ein Problem, das sich mir bislang überhaupt nicht gestellt hatte. Junge ist anders als Mädchen, er hat was, wo sie ein Loch hat, beides paßt also ineinander, etwa wie Legobauteile mit Stecksystem, und daraus wachsen dann irgendwie, aufgrund der starken Liebe beim Stecken, Kinder, neue Menschen, die anderen heran.

So führte mich Alice also ins Wunderland. Hätte ich vorher Mary Poppins geschaut, wäre es vermutlich auf dasselbe herausgekommen, auch wenn Mary Poppins schon viel älter als Alice war. Jahrzehnte später sollte es dann *poppen* heißen.

In den Wochen, die auf den Kinobesuch und diesen Wandertag folgten, sah ich mich mehreren Mißverständnissen ausgesetzt, die ich allesamt überhaupt nicht kapierte. Was ich tat, war plötzlich andauernd falsch, einmal mußte sogar meine Mutter in die Schule kommen, da die Direktorin sie auf eine seltsame, zuchtlose Verhaltensweise meinerseits hinweisen wollte. Es begann zunächst auf meinem Fahrrad. Oder anders gesagt, es begann in meinem Kopf. Manchmal in diesen Jahren hängte sich mein Kopf an irgendwelchen Worten auf, die ihm merkwürdig oder absonderlich oder einfach fremd und interessant erschienen, dann sprach ich dieses Wort immer vor mich hin oder sang es in irgendwelchen Melodien, einfach um diesem Wort näherzukommen und mich an es zu gewöhnen. So fuhr ich ein paar Tage auf meinem Fahrrad durchs Barbaraviertel, eigentlich recht glücklich über ein nicht wirklich neu gefundenes, aber neu erklärtes Wort, das nun erstmals rechtmäßig zu meinem Sprachschatz gehörte, und rief immer wieder beim Fahren geradezu begeistert das Wort *Ficken* vor mich hin, wiederholte es, gab ihm verschiedene Rhythmen, skandierte es, mal schneller und mal langsamer, sang und psalmodierte es und schmetterte es durch unser Viertel wie morgens der Zaunkönig am gegenüberliegenden Usa-Ufer seine Strophen über die dortigen Schrebergärten. Wenn ich an Passanten vorbeikam oder etwa an Frau Wagner oder Frau Niebel, die gerade aus den Fenstern ihrer Häuser auf die Straße blickten, warf ich mich voller Eifer in die Brust und intonierte noch lauter, so daß sich anschließend die Telefonanrufe bei uns zu Hause häuften und mir nahegelegt wurde, ich sollte das doch um Gottes willen bloß unterlassen.

Ebenfalls zu dieser Zeit sah ich im Fernsehen einen Fünfundvierzigminutenfilm über Vulkane. Danach hielten mich alle eine Weile lang für endgültig versaut. Es war ein Naturgeschichtsfilm über die Entstehung der Vulkane, über ihr Aussehen, über ihre Wirkung, und es wurden ausführlich Vulkanausbrüche erläutert und in Filmaufnahmen gezeigt, immer mit einer erklärenden Stimme aus dem Off. Fließendes Gestein, sich rot dahinwälzend. Magma in den unteren Schichten der Erde, dann kommt es heraus und heißt Lava, das fließt dann überall herum, dann erkaltet es, und was übrigbleibt, das graue, poröse Gestein, hieß in der Sendung *Tuff*. Dieses Wort hatte ich noch nie gehört. Es fiel immer wieder. *Der Tuff*. Ich fand dieses Wort lustig, es klang luftig und selbst so porös, ich stellte mir etwas vor, was voll kleiner Zwischenräume war und irgendwie leicht von Konsistenz, voller Nichts, wie Luftschokolade. Ich versuchte mir dieses Wort zu merken, und wenn ich es an jenem Abend vor mich hin murmelte, das neue Wort, mußte ich manchmal lächelnd meinen Kopf schütteln, so sehr amüsierte mich der geradezu burleske Ton.

Wuff, Tuff, Knuff, Puff, ich probierte allerlei Kombinationen aus, um den Klang des Wortes zu erforschen und einzuordnen. Ein Wort für eine Gesteinsart schien mir überhaupt nicht in diese Klangreihe zu passen, so daß ich sogar meine Eltern fragte, sei es an jenem Abend beim Abendessen oder am nächsten Morgen beim Frühstück, ob sie wüßten, was Tuff ist, und ob sie dieses Wort schon jemals gehört hätten. Meine Mutter sagte, das sei eine Gesteinsart. (Meine Mutter hatte bis vor wenigen Jahren noch den Steinmetzbetrieb geleitet und infolgedessen mit einigen Gesteinsarten zu tun gehabt.) Über die vulkanische Abstammung des Tuffs wußte sie aber, glaube ich, nichts.

Ich hatte an dem auf die Sendung folgenden Tag Erdkundeunterricht im großen Saal gegenüber dem Hauptgebäude. Es war immer etwas Besonderes, in diesem Saal, der besonders hell und licht war, Unterricht zu haben und nicht im anderen Gebäude in den einzelnen Klassenzimmern, die kleiner und dunkler waren. Man saß an anderen Tischen neben anderen Leuten, es war stets eine Art Ausnahmesituation (ich glaube sogar, es waren für diese Stunde zwei Klassen zusammengelegt worden). Wie auch immer, ich saß da, folgte ein wenig dem Unterricht, geriet dann aber auf eigene Wege, und mir fiel das seltsame Wort des Vortags wieder ein.

Das Licht schien durch die Fenster, ich war infolge der Sendung am Vorabend noch immer gut gelaunt, ließ meine Beine baumeln oder wippte ein wenig mit dem Stuhl, und mein Kopf begann wieder Lautketten um das Wort Tuff herum zu bilden. Ich hatte bislang gar nicht darüber nachgedacht, wie man das schreibt. Ich schrieb es auf ein Blatt Papier, konnte aber nicht entscheiden, ob es so möglicherweise richtig geschrieben war oder nicht. Ich sagte: Tuff tuff tuff tuff tuff, ganz leise, und mein Nachbar oder meine Nachbarin mögen gedacht haben, ich sei im Augenblick eine Lokomotive beim Anfahren. Ich stellte mir selbst eine Lokomotive vor und steigerte das Tempo: *Tuff-tuff-tuff-tuff-tuff!* Dann ließ ich aber davon ab und sprach das Wort wieder einzeln aus, inzwischen lauter. Dann versuchte ich es rückwärts zu schreiben. Denn auch rückwärts klang es ebenso seltsam wie lustig. Ich saß nun da und sprach es vorwärts und rückwärts, immer mit einem übertriebenen Spirant und einem knallenden Dental. Ich merkte gar nicht, daß die anderen mir inzwischen zuhörten. Es klang wieder ähnlich wie eine Vogelstrophe: *Futt, futt, futt, tuff tuff, futt futt.* Eine Zeitlang hielt ich mich ausschließlich bei der Umkehrung *Futt* auf und intonierte sie immer lauter, meiner Umwelt etwas entrückt, und schließlich wurde auch die Lehrerin darauf aufmerksam und fragte über sämtliche Bänke hinweg: *Bitte?*

Ich entschuldigte mich und bat um Verzeihung, war still, fing dann aber doch wieder an. Es machte mir einfach einen geradezu mechanischen Spaß. Die Lehrerin starrte mich mit großen Augen an, während ich wieder ganz zischend und explosiv das Wort *Futt!* hören ließ, stakkatohaft wiederholt, ich schaute ihr dabei in die Augen, einen Moment später schickte sie mich vor die Tür und zur Direktorin. Der Saal johlte (vielleicht hielten einige mich für einen Heroen). Meine Mutter wurde angerufen. Sie erschien nach einer Viertelstunde, und während die Direktorin meine Mutter über den Sachverhalt aufklärte, wurde ich vor die Tür geschickt. Offenbar sollte ich nicht hören, was vorgefallen war bzw. was ich gesagt hatte. Meiner Erinnerung nach wurde ich nicht einmal gefragt, wie ich zu alldem komme. Sie werden hinter der Tür schwerwiegende Gespräche geführt haben. Warum ich denn auf so etwas verfalle und wohin denn insgesamt meine Entwicklung gehe, wenn ich jetzt schon auf diese Weise, und auch noch öffentlich, und vor allen anderen, und woher ich das denn überhaupt habe, denn irgendwoher muß es ja kommen, es kommt ja nicht von allein! Mit wem hat er denn Umgang, mit wem verkehrt er so? Ist er sonst schon in dieser Weise auffällig gewesen? Und so weiter. Ich war hinter der Tür plötzlich ein miserabel sozialisiertes und durch zu frühzeitiges Sexualvokabular bereits auffälliges, also grundverdorbenes Kind, und meine Mutter kam mit einer Miene aus der Tür heraus, die besagte: Was habe ich um Gottes willen falsch gemacht, und für was bestraft mich der liebe Gott mit diesem Kind so hart? Alle gingen davon aus, daß das, was ich getan (gesagt, skandiert) hatte, das war, was sie meinten, und daß ich das auch meinte. Deshalb wurde kein Wort darüber gesprochen, und ich wurde über gar nichts aufgeklärt und verstand nichts. Ich selbst konnte es lediglich darauf schieben, daß ich vermutlich doch zu laut und zu auffällig vor mich hin gesprochen hatte in meiner Worterkundung. Ich wurde mit einem Tadel nach Hause geschickt, meine Mutter war die achthundert Meter von unserem Haus im Mühlweg zur Schule wie immer mit ihrem Automobil gefahren, jetzt saß ich im Fond des Wagens und sagte, wenn man das Wort Tuff rückwärts ausspricht, heißt es übrigens Futt. Meine Mutter, mit der ich doch höchstens vor einem halben Tag über Tuffstein und die Vulkansendung gesprochen hatte, zischte nur: Jetzt sei aber wirklich endlich still.

So war alles bereits vorhanden, obgleich es noch

gar nicht da war. Die Welt hatte sich in vorn und hinten und die einen und die anderen geteilt, aber ich hatte immer noch keine Anschauung (die eben geschilderte Szene sollte ich erst Jahre später verstehen), ich hatte auch noch kaum Worte, abgesehen von den Worten des Jungen namens Göttlich. In dem Wort Ficken, das auf jeden Fall noch meiner Urgroßmutter im Mund gelegen hatte, in anderem Zusammenhang, klang eine Ursemantik von Reiben oder Zwicken herauf, die ich für den eigentlichen Gehalt des Wortes hielt und von der aus ich nicht den Übertrag machen konnte auf jenes Stecksystem, das uns zugrunde lag und offenbar der Schlüssel zu dieser anderen Welt war. Eine Welt hinter der Welt wie die Alicewunderwelt aus dem Film, auch wenn sie diese Welt vielleicht nur träumte im Spiegelbild ihres englischen Teichs.

Auch unsere Altstadt, in der meine Grundschule lag, war Teil dieser anderen Welt, wie ich mit fortlaufenden Jahren erfuhr. Wobei es sich natürlich niemals um Männer in irgendwelchen dunklen oder langen Mänteln handelte und auch nie um welche, die auf Parkbänken lauerten oder hinter Büschen hervorsprangen. Sie sahen nicht aus wie Gert Fröbe im schwarzen Rock. Es waren im Grunde genommen eher Männer wie unsere Nachbarn, wie Herr Rubin oder Herr Eiler, zumindest sahen sie nicht viel anders aus. Sie kamen genau dann, wenn wir von der Schule durch die Altstadt Richtung Stadtkirche liefen (allein oder mit jemandem zusammen, den Ranzen auf dem Rücken und vielleicht den Turnbeutel in der Hand), aus ihren Fachwerkhäuschen heraus, als hätten sie es geradezu abgepaßt, genau dann herauszukommen, wenn wir vorbeiliefen. Plötzlich ging die Tür des kleinen Häuschens auf, etwa so wie beim Hexenhaus im Märchen von Hänsel und Gretel, und aus der Holztür, die schon beim Anschauen muffig roch, trat einer dieser alten, farblos gekleideten Männer, manchmal mit kleinem Hut. Dann sprachen sie uns an.

Ich fand es in der Altstadt immer eigenartig, daß man als Bewohner gleich auf der Straße stand, wenn man aus der Haustür trat. Meist gab es nicht einmal ein Trottoir, so eng konnten dort die Gassen gebaut sein. Bei uns im Barbaraviertel brauchte man von unserer Haustür bis zur Straße mindestens zwanzig Meter. Um den Hauseingang herum hatten sie sich auf der Gasse so etwas wie die Andeutung eines Gartens errichtet, dort stand zum Beispiel ein kleines Bänkchen, und Blumentöpfe hingen in Ampeln von der Wand, mit Geranien oder dergleichen darin. Sie hatten einen Hang zu Topfpflanzen, aber obwohl diese Pflanzen doch einen gewissen Eindruck von Frische hätten vermitteln können und einige sogar Blütenduft verbreiteten, roch alles auf jene ganz bestimmte Weise abgestanden, eigentlich wie die ganze Friedberger Altstadt. Aus den Haustüren roch es so, das Holz der Türen selbst roch so, auch die Geranien schienen so zu riechen, und vor allem roch der betreffende Mann so, wenn er aus der Haustür trat, und auch sämtliche Kleidung an ihm bis zum kleinen Hut roch so, und wenn ein Hund mit ihm herauskam, roch er ebenfalls auf dieselbe Weise. Ich weiß noch, daß ich den Sitz dieser ganz bestimmten Art von Hosen (es waren immer abgesessene Stoffhosen mit Bundfalten) seltsam fand, sie hatten etwas Ausgebeultes, als sei da noch etwas drunter, das ich mir nicht vorstellen konnte. Etwas, das ebenfalls abgestanden war und wahrscheinlich ebenso roch wie alles andere, oder noch übler. Ich verband mit diesem Geruch immer jene Altmännerhosen.

Was ich bis heute bemerkenswert finde, ist, daß die Gassen, auf die alle diese Männer traten, überall voller Fenster waren, der Fenster der anderen Häuser. Die Fenster in diesen engen Gassen ergaben ein Spiegelkabinett, in dem sich alles hin und her reflektierte, fratzenhaft in dieser ganzen heruntergekommenen Altstadtwinkelromantik. Alle konnten dort oben alles sehen, von Fenster zu Fenster, tausend Blicke gingen hin und her wie die Fäden eines Spinnennetzes in diesen alten Gassen in Friedberg in der Wetterau Mitte der siebziger Jahre des vorigen Jahrhunderts. Es war eine Altstadt wie aus einem Weihnachtskalender und zugleich einem Fritz-

Lang-Film. Den ganzen Vormittag hatten sie am Fenster ihres Häuschens herumgesessen und in ihrer Wetterauer Sehnsucht hinaus in die Vormittagsleerheit und auf die Altstadtgassen gestarrt. Und wenn dann die Kinder (wir) kamen, setzten sie sich langsam und bedächtig zum genau richtigen Zeitpunkt in Bewegung, ganz automatisch.

Die Frauen wußten Bescheid, auch wenn sie die Neigung ihrer Männer gemeinhin nicht teilten, die bei diesen ja ohnehin erst mit der Zeit gewachsen war, von Jahr zu Jahr mehr, wie der Bauch. Die Männer wurden immer älter und ihre Bäuche immer unförmiger und ihr Atem und ihre Verdauung immer schlechter, aber die Menschen in ihrem Kopf wurden immer jünger und reiner und waren am Ende Knaben bzw. Buben wie wir (diese Generation der alten Männer sagte noch nicht *Jungs*, auch unsere Schultoilette hieß ja noch Bubenklo) und ihrer Vorstellung nach wahrscheinlich gerade frisch gebadet.

Neben den heraustretenden Männern standen die alten Frauen mißmutig im Türrahmen, meistens in Kittelschürzen, und wußten, was gerade wieder einmal los war. Sie verschwanden dann aber im Regelfall schnell wieder oder wurden, wenn sie nicht verschwanden, von ihren Männern angeherrscht. Manchmal, wenn einer von uns schon drin im Häuschen war, standen die Frauen dann in der Zimmertür, und mitunter begannen sie dann zu den

Männern irgend etwas zu sagen. Was willst du denn wieder mit ihm? Dann sagte der Mann, mehr zum Kind als zur Frau, es könne doch seine Jacke ablegen, heute sei doch so warm.

Alle diese Friedberger, die aus ihren Altstadthäusern auf einen zutraten, sprachen auf eine sehr seltsame Weise, sie waren überaus freundlich und wollten einem meistens irgend etwas anbieten. Sie fragten sehr interessiert nach irgendwelchen Dingen, und wann immer man etwas zur Antwort gab, schienen sie überaus verständnisvoll und fragten gleich weiter. Die einen von uns spielten ihre Spiele mit ihnen und wußten genau, was gerade vor sich ging, die anderen hatten keinerlei Gegenwehr und verloren schnell den Überblick. Mich betäubte immer nur überall dieser abgestandene Geruch, der, kaum war man über die Schwelle des Hauseingangs, noch eindringlicher wurde, und auch der Mann begann anscheinend noch stärker zu riechen, und man sah nun auch die Einrichtungsgegenstände. Die Einrichtungsgegenstände in diesen Altstadthäuschen waren ebenfalls einem Hexenhausmärchen entnommen. Sie waren bunt und zugleich farblos, und sie schienen allesamt zu klein zu sein, vor allem wirkten sie einerseits völlig idyllisch und andererseits wie leblos, als seien alle Einwohner des Hauses schon seit Jahrzehnten tot und lägen vielleicht immer noch in den Ecken auf dem Linolboden und verwesten vor sich hin, so daß man jederzeit eine Hand aus Knochen oder einen Totenschädel noch mit Haaren daran hätte finden können. Es war ihr Lebensgeruch. Ein Geruch aus einer anderen Welt.

Manchmal wiesen sie ihre Frauen zurecht und schickten sie in ein anderes Zimmer, manchmal drängten sie die Frauen mit Gewalt aus ihrer Nähe, um sich dem Gast, wenn denn endlich einer wirklich eingetreten war, ungestört widmen zu können, und dann war der Moment da, die Tür geschlossen und man endlich mit ihm allein. Da steht er, der Junge, mitten im Raum, wie ein kleiner, unberührter Prinz, aufgespart für diesen Moment, und durch den Raum geht ein leises Zittern, stelle ich mir vor.

Allerdings mußte man ein gewisses Alter erreicht haben, um Prinz zu werden. An Erstkläßlern hatten sie keinerlei Interesse. Das beliebteste Alter war zwischen neun und elf. Die Kinder wechselten in diesem Alter die Schule und waren bald fort, und neue Kinder kamen nach, hatten nun den gleichen Schulheimweg wie die anderen, wuchsen heran und waren dann auch bald in *jenem Alter*.

Bemerkenswerterweise hatte ich diese Altstadtmänner völlig vergessen. Sie waren jahrelang in meinem Kopf einfach gelöscht gewesen, wie so vieles andere. Einmal sah ich einen davon wieder, da war ich schon neunzehn. Es war, wie wenn ein Schlüssel eine Tür öffnet. Oder wie ein Film, der plötzlich zu laufen beginnt. Da war dann alles plötzlich wieder da. Und auch diese Wohnungen, diese Hauseingänge und vor allem der Geruch standen wieder vor mir. Aber meine Jugend über hat das alles gar nicht existiert. Schon als ich aus dem Haus wieder herauskam, hatte es aufgehört zu existieren.

AND THE HAPPY SUMMER DAYS

Den Ausdruck *in jenem Alter* hörte ich damals oft, aber immer nur in Bezug auf meine Schwester und ihre Freundinnen, nicht auf mich. *Sie sind jetzt in jenem Alter*, sagten die Eltern, wobei etwas Spezielles gemeint war: es handelte sich um den Beginn der Bravo-Zeit.

Mit der Bravo wurde alles anders. Gegen die nicht vorhandene Sprache ihrer Eltern und ihrer Umwelt setzten meine Schwester und ihre Freundinnen mit einem Mal die Sprache der Bravo, um den Dingen näher zu kommen. Den Dingen, von denen sie, glaube ich, immer noch nichts wußten, von denen sie aber endlich wissen wollten, weil sie es inzwischen wohl kaum mehr erwarten konnten.

Es waren nicht ihre eigenen Worte, die sie damals lernten, aber es waren wenigstens zum ersten Mal konkrete Worte. Vielleicht sprachen sie diese Worte nicht einmal aus, aber sie konnten sie seitdem wenigstens lesen und in ihnen denken.

Sie waren ja ohnehin immer geübt darin gewesen, in Ideen oder Vorstellungen zu denken, ohne in ihnen zu sprechen. Schon bei ihren Doktorspielen noch wenige Jahre zuvor hatten sie ja nicht gesagt, dies ist mein Arsch, und nun stecke deinen Finger hinein, aber sie zeigten ihren Arsch und steckten ihre Finger hinein oder wollten sie dort hineingesteckt haben. Und sie steckten auch in alles andere ihre Finger oder wollten, daß man dort den Finger hineinsteckt, aber wenn sie davon sprachen, gab es nur vorne und hinten und höchstens noch ein, zwei Kindersprachenbegriffe dafür, alles Weitere blieb allgemein und hatte noch keinen eigenen Wortlaut.

Nun, als sie zwölf, dreizehn Jahre alt waren, gab ihnen die Bravo ihre Sprache. Es war von Anfang an eine Fachsprache. Ihre wichtigsten und geheimsten Gespräche führten sie ab da mit der Bravo. Es waren für sie Worte wie Abenteuer, man wagt kaum, sie zu denken, und sie verheißen eine große Welt, eigentlich überhaupt erst *die* Welt, und vor allem verheißen sie das Verbotene und das Geheimnis hinter dem Verbotenen. So standen sie, stelle ich mir vor, nun vor der Welt mit ihren Worten im Kopf, die sie nicht sprachen, und betrachteten diese Welt und maßen an ihr ihre unausgesprochenen Worte ab, und selbst noch die Stimme in ihrem Inneren scheute vor dem Denken der Worte zurück, was den Reiz aber nur um so stärker werden ließ.

Worte, die für die Zwölf-, Dreizehnjährigen damals eigentlicher waren als alles andere. *Petting*. Jahre bevor man Petting machte, las man in der Bravo, wie man Petting macht. Beziehungsweise daß man überhaupt Petting macht. Petting, ein Wort, das sie bis dahin noch nie gehört hatten und das ihre Welt sofort veränderte und auf einen einzigen Punkt hin orientierte und fixierte, kaum hatten sie es gehört. Oder anders: Vielleicht machte man später Petting nur, weil man in der Bravo davon erfahren und dann jahrelang davon geträumt hatte. Jahrelang war man mit Petting in seinem Kopf herumgelaufen wie mit einer Ankündigung oder Verheißung. Manche Mädchen mögen nicht gern den Penis des Jungen anfassen. Der Junge mag gern, wenn das Mädchen seinen Penis berührt. Es kann üben, wie es dem Jungen Spaß macht. Umgekehrt darf der Junge gern komisch finden, die Vagina des Mädchens mit seinem Finger zu berühren und ihren Kitzler zu stimulieren, obgleich das dem Mädchen großen Spaß bereiten kann (aber sie darf es auch unangenehm finden) etc. So vorbereitet, würde meine Schwester Jahre später mit ihren ersten Bekanntschaften in unserem Wohnzimmer sitzen, wobei sie bereits im Wortlaut von der Bravo ausgemalt bekommen hatte, was wohl im besten Fall passieren könnte, wäre der Vater nicht anwesend (und daß sie es auch komisch oder unangenehm finden dürfte). Der Idealfall war vorbereitet von einer Doktorsprache, die für alles einen Begriff hatte. Petting war die Sehnsucht aller damals, auch wenn sie schon beim Gedanken daran ihr angewidertes Gesicht machten, das allerdings wie immer ihr Lustgesicht war, ohne daß sie es wußten. Und später würden sie es ausführen, ohne zu wissen, daß sie damit dem Bravoplan folgten. Sie hielten es für ihr eigenes Verlangen und ihre eigene Welt. Und sie liefen herum und dachten jahrelang, bevor sie den ersten Schwanz in der Hand hielten, wie es wäre, den ersten Schwanz in der Hand zu halten, denn sie wußten ja von der Bravo, daß sie irgendwann den ersten Schwanz (Penis, Glied) in der Hand halten würden, wenn sie normale Mädchen sein wollten, und sie wußten, daß sie es auch gern seltsam oder *eklig* finden durften, den fremden Schwanz in der Hand zu halten, und daß das der Junge verstehen müsse und so weiter. Es war ein Arztgeschwätz und hieß ja auch Dr. Sommer.

So hatte die Bravo, denke ich heute, mit meinen Eltern eine geheime Übereinkunft geschlossen. Meine Eltern wußten, daß ihnen die Bravo die eigenen Worte ersparte, mehr noch, die Bravo machte möglich, daß sie noch viel eindeutiger bei ihrer Nichtsprache bleiben konnten. Indem die Bravo redete, konnten sie um so beruhigter schweigen. Auf diese Weise kam es dazu, daß eigentlich keiner eine Sprache miteinander hatte, aber alles schon von vornherein gesagt war.

So hatten meine Eltern ihre Sex-Gedanken im Kopf, auch wenn sie das Wort Sex dafür ursprünglich gar nicht gehabt hatten, denn das Wort war erst später in ihr Leben gekommen, und so hatte meine Schwester und hatten ihre Freundinnen, kaum waren sie aus der Grundschule heraus, Worte wie Petting, Penis oder Scheide im Kopf, und es kam wie von selbst zu einem völligen Ausgleich zwischen diesen beiden Sprachwelten, denn beide waren von jeher dieselbe.

Meine Eltern dachten in Worten wie Treue und vielleicht auch immer noch Züchtigkeit oder Sauberkeit oder Anständigkeit, und ihre Töchter hatten bravogeborene Worte wie Verkehr und Stimulieren und Busen und Penis und alles Weitere im Kopf, und alle diese Worte bedeuteten dasselbe, wodurch die Distanz zwischen beiden Sprachen vollkommen aufgehoben wurde. Der Unterschied lag nur im Ausdruck. Die Nichtsprache meiner Eltern konnte vollkommen ersetzt werden durch die Arztsprache von Dr. Sommer. Hinter beiden lagen dieselben Vorstellungen, beide machten, daß alles schon vorhanden war, bevor es kommen würde, bei meinen Eltern wie bei meiner Schwester und ihrem Zug. In dem Wort *anständig* hatten meine Eltern bereits alles, was *unanständig* war, aufgehoben und wußten, wohin das alles gehen würde, oder wünschten es sich zumindest, als sie vierzehn oder fünfzehn oder sechzehn waren, und jemand wie meine Schwester brauchte dafür bereits das Wort Glied oder Scheide, auch wenn sie selbst gar nicht merkte, daß sie diese Worte gar nicht brauchte, sondern bloß den Bravoplan implementiert bekam, so wie meine Eltern durch das Anständigkeitsgebot ihrer Generation einen identischen Plan implementiert bekommen hatten.

Dennoch mußte meine Schwester, auch wenn die Vorgängergeneration im ganzen gesehen gar nicht viel anders gewesen war als sie, alles allein erleben, wie gegen einen totalitären Widerstand der Eltern. Eigentlich war sie, wie meine Eltern einstmals gewesen waren, und genau dafür wurde sie gestraft und beaufsichtigt und verfolgt bis in ihr Tagebuch hinein, wie es bei meinen Eltern vermutlich ebenfalls geschehen war. Und die Eltern atmeten auf, weil die Bravo ihnen jetzt alles abnahm, auch wenn sie das niemals zugegeben hätten. Nein, sie schimpften auf das Magazin, das weiß ich noch. Sie nannten es obszön und ekelhaft und gefährdend, aber der Kauf wurde in stillschweigendem Einverständnis geduldet.

Das Tagebuch war ebenso Mode wie die Bravo. Und die Freundinnen meiner Schwester hatten damals ein großes Mitteilungsbedürfnis. Alle schrieben dieselben Texte und zeigten sich diese anschließend gegenseitig. Diese Texte bestanden aus wenigen, immer wieder neu kombinierten Textbausteinen, und der Einfachheit der Textbausteine entsprach die Simplizität der erlebten Welt, denn es war im Grunde auch bloß die Bravowelt, nun außerhalb des Heftes reproduziert. Sie erlebten damals alle ihren Bravofotoroman in der Wetterau. Auch in Zukunft, wenn sie die Bravo vielleicht schon nicht mehr lesen würden, weil sie inzwischen älter geworden waren, würden sie doch auf das genaueste von der Bravo prästrukturiert sein für alles Kommende und würden in allem Kommenden auch immer nur detailgetreu die Bravowelt wiedererkennen, denn andere Begriffe hatten sie ja nicht, und andere Erzählungen auch nicht, und andere Techniken auch nicht. In jedem Sommer steckte seitdem Dr. Sommer. Also schrieben sie ihre Geheimnisse in ihre Tagebücher und zeigten die Geheimnisse dann überall herum, sie wurden älter, und die Geheimnisse waren GIs und hießen John oder Tim oder Kevin oder Bruce, und nachts lagen die Brüste wie verramscht unter der Decke, wo sie, der Bravosehnsucht nach, natürlich nicht hätten liegen sollen. Sie nannten es *lieben* oder *verliebt sein* oder *toll finden* oder *süß finden*, und weil ich jünger war als sie und als Geheimnisträger infrage kam, mit dem man gefahrlos seine innersten Wunschvorstellungen teilen konnte, die zum totalen öffentlichen Abundieren neigten, zeigten sie mir ihre Tagebucheinträge, lasen sich diese in meiner Anwesenheit vor und schwärmten von ihrem Bruce und Tim und Kevin und John, und daß sie nachts deshalb angeblich nicht schlafen konnten, wußte ich inzwischen auch. Und aus solchen Textbausteinen bestand ihre Welt.

Ganz *eklig* und faszinierend war, wenn ein Magazin auftauchte, in dem dann auch tatsächlich ein Glied oder ein Penis zu sehen war. Dann war ein Lärm und Gegacker wie in einem Hühnerhaufen, und das Heft mit dem Glied wanderte von Hand zu Hand, und allen kam es verboten und herrlich vor und setzte ihnen gleich ein noch viel größeres Verlangen nach Freiheit und Erfüllung und einem ganz anderen Leben in die Brust. Das war alles noch ein Jahrzehnt vor dem deutschen Privatfernsehen.

Der Ekel ist der Beginn der Lust, das konnte man an ihnen studieren, denen die Augen übergingen vor dem Glied oder Penis auf dem Papier, das bedruckt worden war in irgendeiner Druckerei irgendwo in Deutschland und von da über Tausende von Straßen in die ganze Republik verteilt wurde und auch nach Friedberg in die Wetterau kam, und nun schlugen sie das Heft wie ein neues Abenteuer auf, sahen den Penis und verzogen das Gesicht und schlugen das Heft wieder zu, um es anschließend wieder aufzuschlagen und ihren Freundinnen zu zeigen, die ebenfalls das Gesicht verzogen und anschließend mit der Heftseite im Kopf herumliefen und nicht mehr wußten wohin damit vor begeistertem Ekel. So hatte jede Woche einen neuen Erlebnisschock, und in Hamburg oder München oder sonst irgendwo saßen sie in ihren Redaktionen und planten das nächste Heft und das nächste Großerlebnis für die Kunden. Und die Bravo plante die nächste Dr.-Sommer-Seite, sie schossen die nächsten Fotos und gaben das Heft dann an die Druckerei, die es an die Speditionen gab, und so pulsierte die Bravo und pulsierten die anderen Magazine auf allen Bundesstraßen dieser Republik bis zu den abertausend Kiosks, auch über unsere B3 bis hin nach Friedberg und dort ins Barbaraviertel in die Gebrüder-Lang-Straße zu Herrn Beckers kleinem Edeka-Laden zwei Straßenecken weiter von uns, und schließlich wurde ein Wetterauer Mädchenleben daraus, ganz am Ende der Kette, wo nur noch Träume blieben, ziellose und vorerst unerfüllbare Träume vom Popstar über Petting bis hin zum Glied und der Scheide, und man anschließend 1 Mark 30 weniger in der Tasche hatte.

War der Penis in die Höhe gerichtet, war das Porno, das ging nicht, und schon gar nicht in der Bravo, wo der Penis bildtechnisch noch gar nicht Einzug gehalten hatte. Das Wort Porno kannten sie auch noch gar nicht. Das heißt, irgendwie kannten sie es wohl doch schon, aber sie wußten noch nicht so recht, was es eigentlich bedeutete, es war nur besonders *eklig*. Keiner rührte damals freiwillig Porno an, oder Pornos, oder Pornographie, vielleicht wußten sie das Wort nicht einmal zu deklinieren in seinen Möglichkeiten, und wie es eigentlich hieß (und es hieß für sie ja eigentlich gar nicht), wußten sie auch nicht. Aber natürlich gab es doch die eine oder andere, die das mal anrührte, und was sie dann zu sehen bekamen, war noch einmal etwas ganz anderes. Aber sich Porno besorgen, oder Pornos, oder ein Pornomagazin, oder Pornographie, das schafften nur ganz wenige, nur einige wagten diesen Schritt, und die anderen Mädchen kauften sich ab da den Playboy, quasi als Negativblaupause, weil sie dann den Mann schon quasi in der Hand hielten, weil sie das in der Hand hielten, was der Mann in der Hand hielt, wenn er sich in der Hand hielt. Und weil sie da sahen, was von ihnen eigentlich so gewollt war und wie sie denn auszusehen hätten im Ernstfall. Der Playboy war für die Mädchen die Fortführung ihrer Bravowelt. Die Erweiterung ihres Lebens durch Textbausteine, die dann eingefügt wurden, auch wenn es sich jetzt in erster Linie um Fotobausteine handelte.

Den Playboy kaufen war schon ein ganz arges Abenteuer. Oder man klaute ihn in den jeweiligen Familien beim älteren Bruder. Beim Vater eher nicht, das hätte gefährlich werden können, und der Vater hatte auch meist die besseren Verstecke, bzw. an seine Verstecke trauten sich die Mädchen meistens erst gar nicht heran.

Die Bravo dagegen wurde bloß unter der Matratze verborgen, aber das betraf, soweit ich mich erinnere, sowieso nur immer die letzte Nummer. Die Mutter wollte in der Bravo immer sofort die neueste Sauerei suchen, um ihr Kind dann dementsprechend zu maßregeln und zu bestrafen und ihm in der ersten Aufwallung für alle Zeiten die Bravo zu verbieten (oder *Mädchen*, das lasen die Mädchen auch), manchmal rissen die Töchter auch die betreffenden Seiten heraus und warfen sie nach der Primärlektüre weg, um das Heft gefahrlos behalten zu können, denn auch der Rest der Bravo, also alles, was die Popstars betraf, war ja wichtig und sollte gerettet werden und nicht verlorengehen, aber nach einer Weile stellte sich zeitgleich zur allgemeinen Elternempörung doch auch eine Gewöhnung und Gleichgültigkeit ein, und immer noch lag die neueste Nummer unter der Matratze, aber die anderen Nummern lagen schon längst feinsäuberlich gesammelt und manchmal nach Jahrgängen geordnet in den Kinderzimmerregalen der damals Dreizehn- oder Vierzehnjährigen, und die Eltern (die Mütter) gingen während der Schulstunden ihrer Kinder in deren Zimmer und vergewisserten sich noch einmal deutlich, was da eigentlich drinstand. Was die Väter mit der Bravo machten und inwieweit die Mütter die Väter von der Bravo abzuhalten versuchten und ob nicht vielleicht in Wahrheit die Bravo gar nicht wegen der Töchter, sondern wegen der Väter das hervorgehobene, aber dafür dann auch völlig unausgesprochene Problem war, weiß ich nicht.

Mit zwölf, dreizehn Jahren machte ich mir über all das keine Gedanken. Alles schien mir damals völlig normal und natürlich, obwohl mir manches bisweilen freilich etwas seltsam vorkam, etwa die zunehmende Fixierung meiner Schwester auf alles Amerikanische und vor allem auf unsere GIs in Friedberg. Überhaupt hatten sich die Mädchen verändert. Ihre Gesichter hatten nun etwas Hochmütiges und Verschlossenes bekommen, einige hatten sich einen Schlafzimmerblick zugelegt, und sie glitten in meinem Beisein auch nicht mehr in jenen anderen Zustand hinüber, wobei es mir aber stets so vorkam, als sei ihnen dieser Zustand zwar mindestens genauso wichtig wie früher, aber als behielten sie ihn jetzt besser für sich. Sie gerieten in erste größere Konflikte mit ihren Familien. Das betraf etwa ihre Ausgangszeiten. Es gab plötzlich Verabredungen, die verdächtig waren. Trafen sich die Freundinnen, wollten die Eltern nun ganz genau wissen, wo sie sich für die Zeit ihrer Verabredung aufhalten würden, ob sie bei der E… oder bei der S… bleiben würden, oder was sie denn eigentlich genau vorhätten. Es begann die Zeit der Kontrollfahrten.

Waren sie verabredet, stand plötzlich ein Elternteil vor der Haustür der Familie des Mädchens, bei dem die gemeinsame Verabredung ausgemacht war, um zu überprüfen, ob die Mädchen auch tatsächlich da seien und nicht irgendwo anders auf unbekanntem bzw. unbeaufsichtigtem Gelände. (Manche riefen auch einfach an: Sagen Sie, ist unsere Tochter eigentlich gerade bei Ihnen? Aber sicherer war doch, gleich vor Ort zu überprüfen, ob sie auch wirklich da war.) Manchmal sah man die Eltern im Wagen über die Kaiserstraße oder sonst irgendwo fahren, dann hielt der Wagen, sie stiegen aus und betraten irgendeinen Laden oder irgendein Eiscafé oder sonst irgendeine Örtlichkeit, um zu schauen, ob die vermißten Mädchen dort seien, vielleicht war es sogar schon eine Bierwirtschaft. Die Mädchen rauchten ja verbotenerweise auch schon längst. Auffällig war, daß nun in erster Linie die Väter die Töchter zu deren Verabredungen brachten und von dort wieder abholten, obgleich es doch während der Kindheit stets eher die Mütter gewesen waren. Das hochmütige, verschlossene Gesicht der Mädchen und ihr Schlafzimmerblick, mit dem sie neuerdings so eigenständig in die Welt hinaussahen, standen natürlich in größtmöglichem Widerspruch zu der Tatsache, daß sie überallhin gegen ihren Willen eskortiert und wieder abgeholt wurden, und die Begleitung durch die Eltern wurde ihnen immer peinlicher.

Streitigkeiten entstanden ebenfalls hinsichtlich ihrer Kleidung. Eben noch war ihnen die Kleidung von der Mutter oder Großmutter gekauft oder von der Tante zum Geburtstag, zu Weihnachten oder zum Namenstag geschenkt worden, Socken, Wäsche, oder sie hatten die abgelegte Kleidung des älteren Geschwisters getragen; nun hatten sie plötzlich die Vision eigener, ganz bestimmter, unbedingt notwendiger Kleidungsstücke im Kopf, die immer mit einer ganz bestimmten Bedeutung versehen waren, die nur ihnen bzw. ihrer Gruppe ersichtlich war. Der Wunsch nach diesen Kleidungsstücken war so stark, daß er etwas Unkontrollierbarem glich, er kam wie eine Welle über sie, der sie nicht ausweichen konnten oder gar nicht wollten, und diese Welle schrieb den gleichen Rausch in ihr Gesicht, den ich noch von früher kannte, wenn sie in der anderen Welt gewesen waren. Offenbar gehörte der Wunsch nach diesen Kleidungsstücken auch in die andere Welt und zeigte daher dieselbe Wirkung: er mußte unbedingt gestillt werden, und erst danach konnten wieder Ruhe und Frieden in ihnen herrschen. Genauso war es nun auch mit ihren Verabredungen. Wenn man ihnen früher eine Verabredung, aus welchen Gründen auch immer, untersagt hatte, dann hatten sie zwar geheult und waren todunglücklich gewesen, aber hatten dennoch alles bald wieder vergessen, denn das Unglück hatte nur für den Moment gegolten. Wenn die Eltern sie nun, mit vierzehn, fünfzehn, nicht zu einer Verabredung ließen, dann wich die Unruhe nicht aus ihnen, sie sannen die ganze Zeit darüber nach, wie sie doch noch, und auf welchen Wegen, zu der besagten Verabredung kommen könnten, etwa zur Disco im Festzelt beim Herbstmarkt auf der Friedberger Seewiese. Und waren sie dann irgendwie durch einen Trick entwischt, standen die Eltern bald im Festzelt auf der Seewiese unter all den Vierzehn-, Fünfzehn- oder Sechzehnjährigen, die gerade zu *Love is in the air* oder *Gimme gimme gimme* auf der Bühne tanzten, auf der eine Stunde zuvor noch die Blaskapelle gespielt hatte. Die Mädchen trugen einen Blazer, manche ein Sakko ihres Bruders, und einige von ihnen (die Wagemutigeren) hatten Kajal aufgelegt. Die Eltern transportierten die Mädchen aus dem Zelt heraus, ohrfeigten sie meist erst draußen, da sie es im Zelt nicht wagten (es hätte zu Zusammenrottungen kommen können), und die Kajalmädchen hörten sich die nächsten Tage an, daß sie wie Nutten, wie Flittchen ausgesehen hätten, daß die Eltern gar nicht wüßten, wieso sie neuerdings eine Nutte und ein Flittchen zur Tochter hätten, ob ihre Freundinnen auch alle wie Nutten und Flittchen herumliefen, warte, dir werden wir den Umgang verbieten, und so weiter …, und anschließend versuchten sie die betreffenden Töchter für ein, zwei Wochen noch strenger zu verwahren als sonst. Regelmäßig brachen diese aber schon nach zwei oder drei Tagen wieder aus und standen dann rauchend vor der Telefonzelle bei unserem Metzger Blum, wo sie sich meistens in den Frühabendstunden trafen.

Je mehr sie in die andere Richtung gingen, also in Richtung der anderen Welt, desto rigider reagierten die Eltern, was zeigte, daß die Eltern mindestens ebenso grundlegend nicht von dieser, sondern von der anderen Welt waren bzw. diese für sie ebenfalls eigentlicher und zwingender war als die hiesige, in der sie der Oberfläche nach zu urteilen doch jeden Tag lebten und arbeiten gingen, kochten und ihre Pflanzen gossen etc. Aber offenbar lebten sie ganz woanders und unter einem anderen Gesetz, das tagsüber nicht sichtbar war.

Wie die Mädchen früher von der Schule nach Hause gekommen waren und eigentlich kein Interesse an den Schulaufgaben gehabt hatten, sondern sich viel lieber mit ihren Freundinnen treffen wollten, um gemeinsam mit Puppen zu spielen oder Weihnachtssterne zu basteln oder Ostereier zu bemalen, so kamen sie jetzt von der Schule nach Hause und hatten nur im Kopf, sich am Nachmittag dort und dort mit dem und dem oder der und der zu treffen und bestimmte Kleidungsstücke zu tragen und mit den Freundinnen über ganz bestimmte Jungs oder irgendwelche Amerikaner oder über die

USA generell bzw. über irgend etwas anderes, das im Bezug zu diesem ganzen Thema stand, zu reden. Und die Mütter führten die immergleichen, nutzlosen Gespräche, die schon ihre eigenen Mütter mit ihnen geführt hatten, wenn auch mit anderem Wortlaut und fünfunddreißig Jahre zuvor, mußt du denn immer hinausgehen, kaum bist du zu Hause, du bist doch eben erst aus der Schule gekommen, was gibt es denn so Wichtiges, daß ihr euch jetzt gleich schon wieder treffen wollt, ihr habt euch doch eben erst in der Schule gesehen, du könntest mir wenigstens beim Mangeln helfen, wer ist denn dieser Richy, von dem die Elke erzählt hat, was ist das überhaupt für ein Name, kennst du den, ist der auf deiner Schule, wir haben früher unserer Mutter immer bei der Wäsche geholfen, wir hatten damals noch keine Waschmaschinen wie heute, wir mußten alle um fünf Uhr früh raus, wenn gewaschen wurde, egal ob Ferien oder ob wir Schule hatten, darauf nahm keiner Rücksicht, wir konnten damals nicht den ganzen Abend draußen herumfliegen, wo seid ihr eigentlich abends immer, ihr sitzt doch nicht bei der Tina herum, da hat dein Vater gestern angerufen, da wart ihr doch gar nicht! Und die Töchter sitzen dabei und ziehen die Augenbrauen hoch und wissen nicht, ob sie das wirklich glauben sollen: wie es früher einmal gewesen sei. Denn wenn die eigenen Mütter tatsächlich auch einmal jung gewesen sein sollten (was den meisten Töchtern allerdings außerhalb jeder Vorstellungskraft liegt), dann werden sie ja wohl auch opponiert und ihre eigene Freiheit gewollt haben, um mit Jungs auszugehen und all das, denken die Töchter und hören den Sermon der Mutter an, die ihrerseits fünfunddreißig Jahre zuvor genau dasselbe gedacht hatte, wenn sie den Sermon ihrer eigenen Mutter, also der Vorvorgängergeneration, hatte anhören müssen. Nämlich ob ihre Mutter früher nicht auch einmal jung gewesen sei *et cetera ad infinitum*.

So sitzen sich beide Parteien gegenüber und wissen: Wir trauen einander ganz grundlegend nicht mehr. Ich glaube dir nicht, was du mir sagst, und du glaubst mir nicht, was ich dir sage.

Es standen nun auch immer mehr Jungs vor den Türen der Mädchen. Sie klingelten, mitunter natürlich verschämt, dann wurde von den Eltern geöffnet, und die Stimmung des betreffenden Jungen stürzte erst einmal in den Keller, denn jetzt mußte er durch ein Elterngespräch durch, dabei hatte er doch bloß die Karin oder die Eva treffen wollen, verabredet, wie sie waren. Sie hatten es auf dem Schulhof ausgemacht, kurz vor Pausenende, er wollte sie abholen, und nun steht er hier im Vorraum mit diesen Eltern und wird mit Fragen gelöchert, es kommt ihm vor, als schössen sie ihm mit einer MG ein Sieb in den Leib wie in der berühmten Szene in *Der Pate*. Diesen Maschinengewehrtod hat er (der Junge im

Vorraum) hundertmal im Geiste nachgespielt, erschossen wurde er immer wegen des betreffenden Mädchens. Das Mädchen stand seiner Vorstellung nach bei seinem Tod immer dabei und mußte alles mitansehen, und natürlich hatte er sich stets nur ihretwegen erschießen lassen, um zu zeigen, daß er gerade für sie und nur für sie stirbt. Er kann das Zucken recht gut, wenn er durchsiebt wird.

Erst nach einer Weile darf er hinauf in ihr Zimmer, das eigentlich noch ein Kinderzimmer ist, auch wenn die Pferdeposter nun zusehends von anderen Postern ersetzt worden sind, je nach Mädchentypus: Bei den einen durch Kinoplakate von *Hair* oder *Fame*, bei anderen durch Bilder von Popstars, vereinzelt kleben auch noch Bravo-Starschnitte an der Wand (aufgezogen auf Pappe), aber die sind bereits älter, denn natürlich liest schon keiner mehr die Bravo, dafür sind sie viel zu erwachsen, sie haben sie eigentlich schon vergessen. Bei einer Freundin meiner Schwester stand noch lange ein Starschnitt von David Cassidy. Es war bereits ein Relikt aus einer längst vergangenen Zeit, in der quasi noch ganz andere Menschen gelebt hatten, Urmenschen, seltsam gekleidet, noch seltsamere Musik hörend, Mitte der siebziger Jahre, eine Zeit, die universenweit entfernt war von der Zeit jetzt, dem Ende der siebziger Jahre. Von damals T-Rex bis nun Kim Wilde: ein Generationensprung bereits in der eigenen Jugend.

Bei den Jungs war inzwischen auch der Kicker-Starschnitt außer Mode. Nichts hielt lange vor für sie.

Die Jungs schauten auf den David-Cassidy-Starschnitt, auf die David-Cassidy-Hosen und die David-Cassidy-Jacke, waren angewidert, denn dieser Typ sah wirklich absolut daneben aus, nicht zeitgemäß, einfach nur lächerlich, und die betreffende Freundin (sie hatte den Starschnitt nur aus einer gewissen kindlichen Treue zu ihrer einstigen Fan-Liebe an der Wand gelassen, lebensgroß) merkte das und fand die betreffenden Jungs, die sich daran störten, eigentlich ziemlich doof, aber dann machte sie doch kehrt und entsorgte den Bravo-Starschnitt ebenso heimlich wie plötzlich. Auch er war ein Bote aus der anderen Welt gewesen, noch in Kindersprache übersetzt, als Vorbereitung auf das Kommende, aber das hatten sie noch nicht gewußt, als sie Woche für Woche den neuen Abschnitt angefügt hatten, Wade an Knie an Schenkel und Hüfte usw., so wie ich als Kind stets die neuen Teile meines Asterixdorfs oder meines Sherwood Castle Woche für Woche gesammelt und das Bild sukzessive vervollständigt hatte. Am Ende stand dann das komplette Dorf oder die komplette Burg da, und bei den Freundinnen meiner Schwester stand der komplette Starschnitt, die Hosen so eng im Schritt, ausgewaschen und bei den meisten der männlichen Stars mit dem hellen Fleck, daß es den Mädchen nun eigentlich schon ziemlich peinlich war, weil sie es langsam begriffen. Und unten mit Schlag. Jetzt aber waren sie schon bei Röhre und die Starschnitte bald alle verschwunden und schon wieder vergessen.

Auch wenn es nur Poster an der Wand gewesen waren, so waren es doch Manifestationen der Willensregungen von der anderen Seite und der anderen Welt, die Objektivationen im hiesigen Sein, denn den Urtext ihrer Sehnsucht hätten sie nicht an die Wand hängen können, zumal sie ihn gar nicht wörtlich kannten, sondern immer nur seine Umschreibungen. Es war überall: Wenn sie mit dreizehn beim Schulausflug im Bus beieinandergesessen und, noch völlig unerfahren, über die neueste Aufklärungsseite gegickelt hatten oder wenn sie nun, mit fünfzehn, sechzehn, immer noch im Schulbus auf dem Weg zu ihren Ausflügen saßen und über Zungenküsse oder Oralverkehr sprachen, wie das so sei, mit einer nun fast medizinalen Ernsthaftigkeit das eigene Wissen präsentierend, und sei es auch nur erfunden, um nicht hinter den anderen zurückzustehen; oder wenn sie in der Schule den Lehrer neuerdings ganz genau vermaßen und plötzlich zu den einen Lehrern sehr nett wurden und ihren Schlafzimmerblick aufsetzten bzw. sich in Positur brachten und den anderen Lehrer überhaupt nicht mehr ernst nahmen und sich auch nicht mehr hinter seinem Rücken über ihn lustig machten, sondern vor seinen Augen, weil ihr Überlegenheitsgefühl ständig wuchs; wenn sie nun mit jener neuen Ernsthaftigkeit, die nichts Kindliches mehr an sich hatte, danach strebten, neben dem oder dem Jungen zu sitzen, und wenn sie dann tatsächlich neben dem Jungen saßen und dann so mit ihm sprachen, als seien sie, das Mädchen und der Junge, eigentlich das Zentrum der Welt und viel weiter und reifer und ernster, aber auch freier und einfach besser als sämtliche Menschen um sie herum und vor allem alle die Erwachsenen. Das Händchenhalten und das Küssen wirkten nun erfahren und routiniert, selbst wenn es das erste Mal für die Jugendlichen war – als Kinder hatten sie das zwar auch schon gemacht, aber damals war es bloß Spiel gewesen, und sie hatten jedesmal laut aufgeschrien vor Begeisterung, weil sie noch nicht gelernt hatten, sich von außen zu betrachten, und noch kein Bild von sich hatten. Nun aber betrachteten sie sich allesamt von außen, permanent, in jeder Sekunde, wie sie in der Schulbank saßen, wie die Bluse sitzt, wie der Gesichtsausdruck sitzt, wie die lässige Bewegung beim Greifen nach dem Füller wirkt, die eigentlich Ablehnung der Schule und der gesamten Gesellschaft gegenüber zum Ausdruck bringen und dem Jungen am Tisch zeigen soll, daß es, das Mädchen, alldem hier eigentlich schon völlig entwachsen ist und daß man eigentlich schon in einer viel höheren, kategorial enthobenen Freiheit lebt, durch die hindurch sie gern mit ihm, dem Jungen, ziehen würde, Stunde für Stunde und Tag für Tag, durch diese grenzenlose Freiheit, die sich in ihrem Kopf ausbreitet hier am Schultisch. Sie beobachteten an sich, wie sie auf dem Pausenhof herumstanden, wie sie nach ihren Zigaretten griffen, wie sie die Hände in die Hosentaschen steckten, wie sie sich mit dem Rücken gegen die Schulwand lehnten und dabei ein Bein hochzogen und in Kniehöhe gegen die Wand stemmten, wie sie die Zigarette in der Hand hielten, wie sie sie zum Mund führten, wie sie rauchten ... Wer von den Mädchen diese spezifische Art der Selbstbeobachtung noch nicht verinnerlicht hatte, sondern noch die Kinderunbewußtheit im Gesicht und in der Körpersprache trug, der wurde nach hinten durchgereicht und gehörte absolut gar nicht mehr dazu. Solche Mädchen, gleichsam noch verpuppt, gingen dann eine Weile verloren und tauchten manchmal später, nach einigen Wochen oder Monaten, phönixgleich aus ihrer Asche wieder auf und hatten nun den noch viel weiter fortgeschrittenen Schlafzimmerblick und die noch weitaus besser beobachtete Körpersprache als die anderen und waren plötzlich schlank und schön und die Angebeteten des Schulhofs.

Ebenso wie sich selbst beobachteten sie die Jungs: wie sie blickten, wie sie dastanden, ob sie schauten, ob sie nicht schauten, wobei es einerseits gut war, wenn sie schauten, aber andererseits eigentlich noch besser war, wenn sie nicht schauten, weil die, die nicht schauten, den Mädchen viel weniger peinlich erschienen als die, die schauten, weshalb sich die Jungs an eine bestimmte Art des Nichtschauens gewöhnten, die zugleich ein Schauen bedeutete, ohne es doch zu sein. Sie untersuchten die Kleidungsstükke des betreffenden Jungen mit ihren Augen, seine Art, wie er den Rücken an die Wand lehnte, beim Rauchen ein Bein hochzog, wie er rauchte und dabei nicht schaute und so weiter. Und die Jungs beobachteten die Mädchen natürlich ebenso auf all das hin und vor allem natürlich daraufhin, ob sie schauten bzw. nicht schauten, das war nun der Pausenhof geworden. Und wenn die Schule aus war, hatte inzwischen keiner mehr Lust, nach Hause zu gehen. Man zögerte den Schulheimweg so sehr in die Länge, wie es nur ging. Nach dem Schulendegong trafen sich die Lieblingspaare und zogen dann mehr oder minder ziellos, nur vage Richtung Heimweg oder Bahnhof (viele Schüler der höheren Schule kamen aus dem Umland und fuhren mit der Bahn), durch den Winter-, Frühlings-, Sommer- oder Herbsttag, wobei Frühling und Sommer natürlich am schönsten waren, man saß auf Bänken oder ging ins Eiscafé und lebte eigentlich ganz selbständig, und auch das Geld in der eigenen Tasche, also das Taschengeld der Eltern, war in diesem Augenblick nicht mit den Eltern kontaminiert, sondern einfach so da. Ein Glücks- und Freiheitsmittel war das Taschengeld, besonders auf diesen ziellosen Schulheimwegen, auf denen sie für eine halbe oder ganze Stunde so taten, als könne es von nun an für immer so sein; die komplette Frühlings- und Sommerfreiheit und -ungebundenheit in Friedberg in der Wetterau Anfang der achtziger Jahre.

So ergoß sich jeden Tag ein Strom von Mädchen und Jungs von der Seewiese heraufkommend über die Kaiserstraße, und sie saßen auf den Bänken vor der Schillerlinde oder standen auf dem Platz vor den Telefonzellen oder an den Kiosks, und für eine halbe Stunde oder mehr war die komplette Innenstadt ausgefüllt von den Schülern, die sich alle untereinander kannten und genau über die anderen wußten, zu welcher Gruppe sie gehörten und wer mit wem befreundet war und welches Mädchen welchen Freund hatte und welches Mädchen welchen Freund nicht hatte, sondern nur herbeisehnte, bzw. umgekehrt welcher Junge welches Mädchen hatte oder herbeisehnte, und so saßen sie auf der Kaiserstraße an allen Orten und auf allen Treppenstufen der Läden herum in ihrer schulnachmittäglichen Komplettsehnsucht, deren Größe und Tragweite sie auf diese Weise aneinander verglichen und abmaßen. Irgendwo unter ihnen gab es die drei, vier

Königspaare, die leuchtenden, von allen bewunderten Paare, die sozusagen an der Schule in der Schülergesellschaft führenden Liebespaare, sie wie er wichtige und in der Schülerhierarchie am höchsten angesehene Mitglieder – sie saßen nicht an ausgewählten Plätzen, aber jeder Platz, an dem sie saßen, schien den anderen wie auserwählt; dann gab es den Hofstaat, das war die Unzahl derer, die die weniger wichtigen Liebespaare bildeten, auch einzelne, die die Königspaare satellitenhaft umgaben; dann gab es noch die, die sich lieber von den anderen abschotteten und auf dem Heimweg ihre Einsamkeit zu zweit suchten, weil sie auch ansonsten eher niederrangig waren und in dem allgemeinen Gesellschaftsspiel des vorzeigbaren Verliebtseins nicht mithalten wollten, weil sie nicht konnten und das Ganze natürlich gerade deshalb besonders blöd fanden, und vor allem fanden sie die Königspaare blöd und es sowieso nicht nachvollziehbar, wieso diese Gruppe von sechs oder acht handverlesenen Mitschülern so angesehen war. Auf der gesamten Kaiserstraße vibrierte es in dieser halben oder ganzen Stunde nach Schulende, und die anderen Friedberger, die Erwachsenen, liefen zwischen ihnen hindurch wie durch eine Masse von vorübergehend unheilbar Kranken, die zufälligerweise hier angespült worden waren wie Treibgut ans Ufer und die so zahlreich waren in ihrer Krankheit, daß sie auf offener Straße gelagert werden mußten, weil nirgends sonst Platz für sie war in der gesamten Stadt. Die Mädchen saßen auf den Bänken und zeigten sich und wollten gesehen werden, und natürlich liefen auch die besagten Altstadtbewohner zwischen ihnen umher und schauten sich die Augen aus dem Leib, nur daß sie hier nicht zugreifen konnten, denn dazu war der Auflauf der Schüler viel zu groß. In der Tat waren Mädchen in diesem Alter für die Altstadtmännchen ebenso attraktiv wie noch drei, vier Jahre zuvor wir. Zuerst hatten sie sich für die Knaben bzw. Buben interessiert, später aber waren es, je nach Entwicklungsgrad, die Mädchen. Die Kaiserstraße war ein gefährliches Pflaster für die Hexenhausbewohner, denn die Mädchen bewegten sich in Gruppen, und in einiger Entfernung bewegte sich parallel dazu und immer in Sichtweite die Komplementärgruppe der Jungs, beide voneinander getrennt und doch in unsichtbarer, aber um so engerer Verbindung miteinander. Die Mädchen hatten inzwischen ein ausgeprägtes Talent, solche wie die Hexenhausleute schon im ersten Augenblick als das zu erkennen, was sie waren, und sie enttarnten sie sofort und riefen ihnen Dinge zu, Invektiven, denn sie waren stark, weil sie gemeinsam waren, und sie waren unangreifbar und spürten das. Wenn einer der Alten zwei Sekunden zu lange hinschaute oder ein Wort an eines der Mädchen richtete, waren sofort alle anderen da und riefen, der Perverse solle abhauen da, das Schwein, der lungere doch immer hier herum, wenn die Schule aus sei, der komme doch absichtlich hierher, und kaum ging das Gezeter los, waren auch die Jungs bereits da, krempelten sozusagen die Ärmel hoch zum Nahkampf, beschützten die Mädchen und hatten nun etwas, mit dem sie zeigen konnten, wie sie sich für die Mädchen einsetzten und wie sie ihren Mut und ihre Tapferkeit für sie in die Waagschale warfen, wenn auch nicht so spektakulär wie bei jenem besagten großartigen Zusammengeschossenwerden in *Der Pate* (eine Szene, die damals alle bewunderten), sondern nur, indem man dem betreffenden Friedberger, den sein Verlangen nach den Mädchen auf die Straße getrieben hatte, von hinten noch eins draufgibt und ihm möglichst noch hinterhertritt. Die Hexenhäusler, die noch wenige Jahre zuvor uns gegenüber so zielsicher aufgetreten waren, zogen nun ihre Köpfe ein und ließen sich demütigen, konnten nichts mehr ausrichten, kamen dem Objekt ihrer Begierden nicht nahe, steckten die Tritte ein, zogen irgendwann nach Hause ab, vielleicht sogar im Tiefsten getroffen und verzweifelt über dieses Dasein, und am nächsten Tag konnten sie doch nicht anders und mußten wieder hinaus. Von den Mädchen und Jungs wurden sie freilich nur ganz am Rand wahrgenommen, und selbst wenn sich die Jugendlichen den Alten gegenüber pogromhaft zusammenrotteten (in der Gruppe ging so etwas blitzschnell), wurde die Zusammenrottung anschließend ebenso schnell wieder vergessen, wie sie zustande gekommen war. Die Welt gehörte in jenen Frühlings- und Sommertagen in der Stunde nach der Schule ganz ausschließlich ihnen, und sie waren eigentlich die Welt, so kam es ihnen vor, auch wenn sie natürlich gar nicht wußten, daß es ihnen so vorkam. Es war alles unbewußt und wie fast immer ohne eigene Worte.

So war die Kaiserstraße jeden Tag ein Sammelbild sämtlicher Sehnsüchte und sämtlicher Institutionalisierungsgrade dieser Sehnsüchte, mit denen ich von Anfang an aufgewachsen war, und ich lief mit H. oder mit Anke oder Bülent, meinen Freunden, ebenfalls über die Kaiserstraße, und wir betrachteten dieses Bild, und eigentlich begriffen wir es bereits, konnten es aber selbst noch nicht in Worte fassen. Es gab in diesem Bild Menschen wie meine Eltern, die gerade mit ihrem Wagen herumfuhren, entweder um etwas für die Familie zu besorgen oder nach ihren Töchtern zu suchen, also Menschen mit eigenem Haus, Kindern und den entsprechenden Lebensführungen, mit denen man sich in der Gesellschaft zeigen konnte; dann gab es die anderen, die sich in keiner Gesellschaft mehr zeigen konnten, weil ihnen die Mädchen und die Knaben bzw. Buben das Leben zunehmend zugewuchert hatten bis zur kompletten Handlungsunfähigkeit oder Bewegungslosigkeit; dann gab es solche wie den Vater H.s, der traurig zwischen alldem herumzog und so etwas wie ein Depressionskolorit oder gar ein Selbstmordkolorit zum Bild hinzufügte; dann gab es die Kioskbesitzer mit ihren Magazinen und Bildern von Bravo über den *Hustler* bis hin zu dem, was man spätestens ab vierzehn oder fünfzehn geheim unter dem Tresen erhielt, wenn man einigermaßen reif aussah, und weiter wurde das Bild der Kaiserstraße komplettiert von ebenjenen Mädchen und Jungs, die gerade ihren großen Frühling oder Sommer hatten und die als das eigentlich explosive Material für den Hauptteil dieser ganzen Erschütterungen zuständig waren, ohne daran irgendeine Schuld zu tragen, außer daß sie eben da waren.

Gegen zwei, halb drei Uhr hatten sich die Schüler, die Jungs und Mädchen, dann verlaufen, die Eltern waren froh, die Kinder wieder bei sich zu wissen, die Altstadtmenschen in ihren Häusern waren erschöpft und atmeten durch, und die Kiosks konnten wieder unbeobachtet frequentiert werden. So ging es jeden Tag. Zwar sah es niemand, alle taten so, als sei das nicht so, oder sie merkten es gar nicht, dabei ging es geradezu ausschließlich immer überall um das. Die Welt, jenes Friedberg in der Wetterau Anfang der achtziger Jahre, war transparent geworden und ließ überall die Formen der anderen Welt durchscheinen, in jedem Haus, in jeder Familie, bei jedem Jugendlichen, in jedem Magazin, in jeder Fernsehsendung, in geradezu jeder Gesellschaftsregel, in nahezu jeder Verhaltensanweisung oder moralischen Vorstellung und im Ritus der gesamten Gesellschaft war es anwesend, durch die Zeiten und Generationenfolgen hindurch, von den Doktorspielen in den Kinderzimmern über die sogenannten ganz normalen Familien bis hin zu den alten Männern in ihren ausgebeulten Hosen, deren Geruch ich noch in der Nase hatte.

Was war es aber für die Schüler, die so massenhaft zu sehen waren auf jenem Kaiserstraßenbild? Für sie war es bloß Frühling, und für sie waren es die frohen Sommertage. Und die Vögel flogen im Himmel, und die jungen Leute schauten auf und glaubten sich ihnen ähnlich in ihrem Sehnen und nahmen sie als Bild dafür. Worte gab es, wie gesagt, kaum welche. Liebe, Verknalltsein und der böse fremde Mann auf der Straße. So ein alter, komischer Typ, der die Eva angesprochen hat, aber wir waren gleich da. Ziemlich klar, was er wollte. Bestimmt so einer. So ein Wichser. Das gab es immerhin als Worte.

Ansonsten gab es: Die Mädchen schauten den Jungs auf die Jeans, und die Jungs schauten den Mädchen auf die Jeans, auch das war ihr Frühling, auch das war Sommer, und überall sonst schauten sie auch hin, zumindest soweit es ging oder sie es bereits wagten. Für viele wird es später ihre größte Zeit gewesen sein, als sei das Sein genau einmal gewesen, nämlich da. Einmal ganz und gar und wirklich. Und sie mittendrin. Und alles eigentlich für sie.

Meinen Onkel J. habe ich ebenfalls hin und wieder auf der Kaiserstraße erlebt, wenn die Schule aus war. Manchmal kam auch unten bei uns im Barbaraviertel ein Stoß von Schülerinnen an ihm vorbei. Er war dann schlichtweg überfordert. Er sah die Mädchen, und dann mußte er schauen, und er konnte sein Schauen gar nicht verhindern. Er lief gar nicht absichtlich auf die Kaiserstraße, aber wenn so ein Mädchentrupp an ihm vorbeikam, dann konnte ihm anschließend jedermann ansehen, was eben an ihm vorbeigekommen war. Er wirkte, als sei ihm der Allmächtige begegnet oder als habe er mit dem Engel gekämpft, woraufhin ihm dieser seinen Namen gegeben hatte. Dementsprechend verrenkt sah er aus.

Ich kann mich an eine Situation erinnern, das war allerdings schon etwas später, ich war fünfzehn oder sechzehn Jahre alt, als wir einmal von Bad Nauheim nach Friedberg fuhren und mein Onkel allein auf der Rückbank saß. Wir fuhren über die Bundesstraße. Auf der Höhe der Bahnunterführung nach Schwalheim standen zwei Mädchen an der Bushaltestelle.

Die Mädchen sahen aus, wie Mädchen damals aussahen. Sie trugen kurze Röcke, darüber weite Jacken, aber unter den Jacken war alles wieder ziemlich kurz. Ich sah die Mädchen, und als wir auf sie zusteuerten, machten sie Autostopzeichen. Meine Mutter reagierte auf diese Autostopzeichen natürlich nicht, so etwas wie die beiden Mädchen am Straßenrand (an der Bushaltestelle), Autostopzeichen machend, war für sie mehr als unzüchtig und konnte in keiner Weise geduldet werden. Was Mädchen! sagte sie. Ich blickte nach hinten und sah, wie mein Onkel, der arme, schaute. Da hatte ich einen Einfall. Moment, sagte ich zu meiner Mutter, halt, das ist die Ina! Die Mädchen sind auf meiner Schule. Das will ich aber nicht unterstützen, daß die hier stehen und Autostop machen, sagte meine Mutter und wollte vorbeifahren. Genau deshalb solltest du halten, sagte ich zu ihr, denn dann weißt du doch immerhin, bei wem Ina und – Kerstin mitfahren. (Ich erfand den Namen Kerstin; die erste kannte ich zwar tatsächlich dem Namen nach, aber sie war überhaupt nicht auf meiner Schule.) Meine Mutter fuhr an die Bushaltestelle heran, und die Mädchen stiegen ein, auf die Rückbank neben meinen Onkel. Nun saßen die beiden Mädchen in kurzen Röcken und mit geöffneten Jacken und überhaupt mit ihren fünfzehn oder sechzehn Jahren und mit dem Duft ihrer Haare und ihrer Gesichter und überhaupt allem, was sie hatten, neben meinem Onkel, sie mit ihm zu dritt auf der Rückbank. Im Rückspiegel sah ich sein Mienenspiel. Er wagte kaum hinzusehen. Neben ihm die Mädchen, vor ihm das moralische Weltgesetz (wir). Er schaute ihnen noch nach, als sie am Stadteingang von Friedberg wieder ausgestiegen waren, und seit damals hatte ich immer ein schlechtes Gewissen meinem Onkel J. gegenüber.

Mein Onkel konnte gar nichts machen. Ich hatte ihn auf die Schlachtbank gelegt, aber den Mädchen muß auch Hören und Sehen vergangen sein während dieser Minuten auf der Rückbank, denn sie saßen in seinem Geruch, und so etwas hatten sie vermutlich auch noch nicht erlebt. Als sie ausgestiegen waren, sah man ihnen immer noch nicht an, wie es gerochen hatte. Sie ließen es sich nicht anmerken.

Auch bei den Freundinnen meiner Schwester gingen meinem Onkel manchmal die Augen über, aber das war auch bei manchen Vätern dieser Freundinnen so, sie waren einerseits besorgt um die Töchter, die irgendwie immer noch Kinder waren und die mancher von ihnen früher auch gern hin und wieder auf dem Schoß abgesetzt hatte, aber jetzt waren sie alle um die ein Meter fünfundsechzig oder ein Meter fünfundsiebzig groß und konnten nicht mehr auf dem Schoß abgesetzt werden (man konnte sie gar nicht mehr über sich drüberheben), und jetzt waren sie nicht nur Kinder, sondern hatten zugleich auch einen Busen und hatten Augen und Beine und sahen insgesamt so aus, daß man eigentlich lieber gar nicht hinguckte. In diesen Jahren habe ich so viele Familienväter wie sonst nie mehr auf die Töchter und die Töchterfreundinnen hinschauen sehen mit dem Versuch, da gar nicht hinzuschauen. Es war ein ähnliches Phänomen des Schauens/Nicht-Hinschauens wie unter den verliebten Komplementärgruppen auf dem Schulhof oder dem Schulheimweg, nur daß es hier nicht auf Gegenseitigkeit beruhte. Hier schaute nur einer. Und alle anderen merkten es. In der Regel war es für einen Vater eine Überforderung, eine Tochter mit Freundinnen zu haben. Dazu kam, daß der Drang, das betreffende Mädchen mit seinem Busen und seinen Schultern und seinen Armen irgendwie einmal anzufassen, bei Begrüßungssituationen etwa, fast unüberwindlich wurde.

Die Ehefrauen waren spätestens ab da schlecht gelaunt für die nächsten zehn, fünfzehn Jahre, oder vielleicht für immer, und sie beobachteten ihre Männer von nun an genau – nicht, ob diese sie beobachteten wie noch zur Zeit ihrer eigenen Jugend, als sie gerade ihren eigenen Frühling und Sommer hatten, sondern ob die Männer jetzt irgendwelche Mädchen im Alter der Tochter auf der Straße anschauten. Denn eine Zeitlang schauten die Männer dann grundsätzlich nur noch Mädchen in der Altersspanne von etwa fünfzehn bis achtzehn Jahren an. Also Mädchen in dem Alter, in dem die Mütter dieser Töchter ihrerseits genau darauf geachtet hatten, daß jemand sie anblickt bzw. der, der sie anblickt, sie eben nicht anblickt, weil er sie dadurch eigentlich ja noch viel mehr anblickt. Und jetzt, zwanzig Jahre danach, blickten ihre Männer wieder. Aber nicht auf sie. Sondern auf die nächsten. Und die Männer verhehlten es, soweit es ging, obwohl es ihnen anders lieber gewesen wäre, und die Laune der Beteiligten wurde immer schlechter, als hätte man ein Gift zwischen ihnen ausgestreut.

Bald kam die Zeit, in der die Kleider- und Frisurenfrage zwischen meinen Eltern und meiner Schwester in den Vordergrund rückte. Eines Tages kam sie mit Dauerwellen nach Hause, die eindeutig von dem Film *Hair* inspiriert waren, der sie damals vollkommen beeindruckte. Manchmal schminkte sie sich. Eines Sonntags, das war schon zur Zeit, als sie die ersten GIs kennenlernte, wurde sie geradezu vom Mittagstisch gejagt. Zum einen hatte sowieso schon Streit geherrscht, weil niemand gewußt hatte, wo sie am Vorabend gewesen war (sie war erst um halb zehn nach Hause gekommen). Zum anderen fiel am Tisch das Wort Hure. Es war möglicherweise tatsächlich nur auf ihre neue Dauerwelle bezogen. Und auf dem Tisch stand ein Sauerbraten, auf den meine Mutter tags zuvor noch alle Aufmerksamkeit verwandt hatte.

Meine Mutter hat eine Dauerwelle, seitdem ich sie kenne. Das Wort Hure hatte wohl mein Onkel über dem Sauerbraten gesagt. Er hatte damit allerdings nur ausgedrückt, was alle anderen gedacht hatten. So dienstbeflissen war er allen gegenüber, dann auch noch auszusprechen, was sie dachten. Abends bis halb zehn wegzubleiben und dann nicht zu sagen, wo man war. Das war unvorstellbar, und meine Eltern machten sich sowieso schon längere Zeit Gedanken über meine Schwester.

Damals, zur *Hair*-Zeit, als für die Schwester die Haare lang wurden und die ersten Löcher in den Hosen erschienen, was ein Gefühl ungemeiner, geradezu US-amerikanischer Freiheit mit sich brachte – damals lebte meine Schwester für eine Weile, vielleicht waren es nur ein paar Monate, noch in einer zweiten, der *Hair*-Zeit entgegengesetzten Zeit, einer ganz anderen Epoche. Sie war nämlich von meinen Eltern in eine Zeitmaschine versetzt worden und mußte plötzlich eine Existenz führen, die an die Jugend meiner eigenen Eltern erinnerte, als diese noch unter den Geboten ihrer eigenen Eltern gestanden hatten, also an die fünfziger Jahre.

Sie wurde jetzt zum einen strikt behütet bzw. wohlverwahrt wie ein Wertgegenstand, den man gegen Diebstahl wegschließt. Die einzige Person, der meine Eltern noch trauten, hieß Ralf Kling, das war der Nachbarssohn. War die Schwester falsch angezogen, konnte es am Sonntagmittag durchaus zu Szenen wie der erwähnten kommen. Meist folgten dem ein hysterischer Anfall meiner Schwester und eine der unzähligen Ankündigungen, mit dem (gerade aktuellen) Amerikaner jetzt endgültig durchzubrennen. Meine Schwester war eine Nutte, wenn sie nur von irgendwem sprach, während ich, drei Jahre jünger, längst ganze Abende außer Haus blieb, ohne daß mich überhaupt jemand fragte, wo ich sei.

Zum anderen wurden ihr jetzt immer mehr Haushaltsdienste aufgeladen. Sie sollte das Hausfrausein lernen, in Vorbereitung auf ihre künftige Rolle. Die Zeitmaschine war einfach deshalb angeworfen worden, weil für die Tochter jener große Augenblick nahte, der einstmals auch bei den Eltern genaht war: die Heiratsfähigkeit. Diese kam jetzt in raschen Schritten auf meine Schwester zu. Nach dem Essen sollte sie neuerdings immer das Geschirr abräumen, so wie vermutlich meine Mutter immer das Geschirr abgeräumt hatte fünfunddreißig Jahre zuvor. Wir, mein Bruder und ich, sollten ganz ausdrücklich sitzenbleiben, und die Schwester sollte abräumen und dann anschließend auch meiner Mutter beim Küchemachen zur Hand gehen. Wenn ich heute an diese Phase denke, in der meine Schwester zum Teil sogar wirklich tat, was sie tun sollte, dann sehe ich immer jemanden vor mir, der gerade rituell erniedrigt wird. Ich weiß noch, daß mein Bruder und ich immer unruhig wurden, wenn der Arbeitsbefehl an meine Schwester und nur an sie ausgegeben wurde und man uns sagte, wir sollten jetzt bitte sitzen bleiben, das sei Aufgabe der Schwester. Wir blieben natürlich nicht sitzen, sondern standen auf, um selbst abzuräumen, und es begannen Diskussionen, die meine Eltern nur verwirrten. Wir konnten nicht akzeptieren, daß man die Schwester plötzlich zu einem Dienstmädchen machte. Wir wollten nicht bedient werden. Damals trugen wir lieber selbst ab, während meine Schwester ihre Dienstmädchentätigkeit bald ganz einstellte und später nie mehr irgend etwas aufräumte, weder im Elternhaus noch in ihren Wohnungen, die die Eltern ihr später alle paar Monate oder Jahre neu anmieteten oder kauften. Seit dieser Dienstmädchenzeit mußten immer andere aufräumen. Seit damals mußte meiner Schwester überall und immer hinterhergeräumt werden, bis heute.

Die GIs lernte meine Schwester in den Hinterstuben irgendwelcher Gasthäuser kennen, in denen sich die Amerikaner damals kollektiv mit den deutschen Mädchen trafen. In Friedberg existierte ein offizielles Kontaktprogramm. Man saß an Holztischen, der GI dem Mädchen gegenüber, daneben am selben Tisch der nächste GI, ihm gegenüber wieder ein Mädchen, und so durch den ganzen Hinterraum hindurch, die Form des Kennenlernens hatte etwas Serielles. Der Tisch war mit einer alten Tischdecke bedeckt, in der Mitte stand eine winzige Blumenvase mit einer verwelkten Blume vom Blumen-Koch auf der Kaiserstraße (die Blume hatte zunächst vorn im Gastraum gestanden und war erst nach hinten gewandert, als sie verblüht war), ein Aschenbecher, Bierdeckel, alles hatte einen gewissen Muff und wirkte schäbig. Die Amerikaner waren nicht beliebt in Friedberg in der Wetterau. Besonders problematisch war, neben den andauernd stattfindenden Schlägereien, die Regelung des Umgangs mit der weiblichen Bevölkerung. Wenn ich damals durch die Altstadt lief, wurde ich hin und wieder von frisch eingetroffenen Amerikanerinnen angesprochen, weiß- wie schwarzhäutigen, die gerade vom Bahnhof kamen und das ihnen zugewiesene Bordell suchten, in dem sie an diesem Tag zu arbeiten anfangen sollten. Im Schnitt waren jedoch zehntausend amerikanische Soldaten in der Stadt, dafür reichten die Bordellkapazitäten bei weitem nicht aus. In diesen Jahren bekam ich erstmals eine Vorstellung von der Notwendigkeit einer Grundversorgung. Die andere Welt war hier an allen ihren Grenzen offen und durchlässig. Man hörte ständig von Auseinandersetzungen vor irgendwelchen Diskotheken, immer ging es um Mädchen, und die Mädchen sollten, hieß es, keinesfalls zu den Amerikanern in deren Autos steigen, dabei war für die meisten Mädchen nichts reizvoller und spannender und abenteuerlicher, als gerade zu den Amerikanern ins Auto zu steigen.

Vermutlich bekamen die Gastwirte von der amerikanischen oder deutschen Behörde Geld für die Kontaktanbahnungstreffen, die bei ihnen abgehalten wurden. Die GIs kamen selten betrunken zu diesen Veranstaltungen in den Hinterstuben, vielmehr waren sie meistens frisch gekämmt und hatten ein frisches Hemd an, und auch die deutschen Mädchen kamen frisch geföngt und mit ihren besten Blusen, mit Lippenstift und mit Dauerwellen. Meine Schwester hatte bereits Englisch gelernt, und die GIs konnten ebenfalls einige Brocken Deutsch sprechen, einzelne

Worte wie *Freundschaft, Deutschland, Ausgehen, Liebe, Heidelberg.*

Was das in meiner Familie damals so genannte Amerikanervirus angeht, so sagt die Theorie, das ganze Unglück habe angefangen, als Anfang der siebziger Jahre amerikanische Offiziere ins neugebaute Haus in den Mühlweg kamen, Nachfahren der ehemaligen Bekannten meines Großvaters, die dieser als Oberfinanzpräsident in Frankfurt empfangen hatte, entweder in der Oberfinanzdirektion auf der Adickesallee oder bei sich zu Hause in der Grillparzerstraße. Diese Offiziere müssen in ihren Uniformen auf meine Schwester als kleines Kind in etwa so gewirkt haben wie Lohengrin beim ersten Erscheinen auf seine Umwelt. Meine Schwester saß *immer* auf dem Schoß dieser Offiziere, heißt es, das gilt in unserer Familie als Beginn der Tragödie.

Meine Schwester hatte früh damit angefangen, irgendwelche Schauspieler anzuhimmeln, die alle unbedingt aus den USA kommen mußten. Amerikanische Fernsehserien waren ganz wichtig. Bald entdeckte sie, daß es solche Dinge wie Surfen oder den kalifornischen Strand gab, das waren ihre ersten großen Erlebnisse, immer vor dem Fernseher mitten in der Wetterau oder über dem Bravo-Heft (die Bravo beschleunigte laut der Familie den Krankheitsverlauf maßgeblich). Immer wichtiger wurde etwa das Sammeln von Neuigkeiten über amerikanische

Popstars. Eine zunehmende Fixierung überhaupt auf ausschließlich amerikanische Hitparadenmusik. Auf die Kleidung amerikanischer Hitparadenkünstler. Dann eine zunehmende Fixierung auf amerikanische Nahrungsmittel, ein ausgeprägtes Talent zur Imitierung der amerikanischen Sprachmelodie. Ihr Englisch klang bereits amerikanisch, bevor sie überhaupt den ersten Satz richtig konstruieren konnte. Ihre Freundinnen verhielten sich teils ganz ähnlich. Sie begannen in Jogginganzügen (die damals neu waren und ebenfalls aus Amerika stammten) um das Kasernengelände herumzurennen, um die Soldaten auf sich aufmerksam zu machen. Das waren die ersten Versuche des Kennenlernens.

Die meisten Mädchen, die in Friedberg vom Amerikanervirus befallen waren (es waren nicht wenige), endeten später alle auf mehr oder minder gleiche Weise. Einige kamen zu Psychiatern in Behandlung, andere trieben ihre Eltern in den Ruin; ich kenne noch heute eine Frau aus diesem Kreis, die seit ihrem sechzehnten oder siebzehnten Lebensjahr nie etwas anderes als Cowboystiefel getragen hat und sich bis heute nur in Westernclubs aufhält, etwa im *Western und Squaredance Club Colorado Ranchers Friedberg e.V.*, der sich unterhalb unserer Burg eine Art Westernblockhütte mitten in die Wetterauer Landschaft gesetzt hat, wo sie noch heutzutage ihre Barbecue- und Grillsteakabende und ihre Countrykonzerte veranstalten, zu denen sie dann alle mit Cowboyhüten und Fransenstiefeln aus Wildleder hingehen, als könnte ihnen das irgendwie weiterhelfen. Die betreffende Frau war bereits mit siebzehn ausgezogen, hatte ihre Schulausbildung hingeworfen und sich dann, kaum wohnte sie allein, auf Kosten der Eltern eine Art von Amerika-Ersatzwelt geschaffen, in der jeder Gegenstand bis hin zum Toaster und dem Kühlschrank unbedingt aus den Vereinigten Staaten von Amerika stammen und am besten noch bei den amerikanischen Soldaten im PX, dem Einkaufsgeschäft für die Besatzungstruppe, gekauft werden mußte. Überhaupt war es für diese Mädchen ganz wichtig, möglichst früh auf irgendwelchen Wegen Zugang zum Friedberger PX zu bekommen. Es herrschte eine Art von Wettbewerb unter ihnen, wer zuerst an den Ausweis herankam und wer zuletzt. Wer in das Gießener PX, das zentrale Verteilungslager für ganz Europa, hineindurfte, hatte das große Los gezogen und war noch viel angesehener. Ab da überfluteten US-amerikanische Erdnußpasten und Ahornsirupflaschen, Marshmallows und dergleichen mehr auch unseren Haushalt, und auch die Coladose durfte keinesfalls mehr aus einem deutschen Vertrieb stammen, denn nur die original in den Staaten, also in Übersee, abgefüllte Coladose war eine echte und brachte das ersehnte Glück in die Wetterauer Welt. Ganze Nachmittage verbrachten sie in ihrem *Post Exchange Store*, wie der PX vollständig hieß, und hatten dort ihre Kontakte und konnten unter den Soldaten verkehren, als Ausbruch aus der Wetterauer Welt, in die sie hineingeboren waren und die nirgends die Aufschrift *Made in USA* trug.

Made in USA war so entscheidend wie für andere in der Wetterau damals noch die Absolution bei der wöchentlichen Beichte und die Hostie in der Kirche, also der Leib des Herrn. Alles, was *Made in USA* war, war von einer Aura umgeben, einem Heiligenschein, und der PX (bei uns sagten sie *der PX*, andere sagten *die PX*, wieder andere *das PX*) war ja exterritoriales Gelände, also gar nicht mehr Deutschland, sondern selbst schon Amerika und somit eigentlich bereits das Heilige Land.

Da sie noch keine Autos hatten, weil sie ja nach wie vor erst sechzehn oder siebzehn waren, mußten die Eltern sie zu den *Stores* bringen, aber besser war es schon, man kannte einen Soldaten, mit dem man dorthin fahren konnte, denn dann gehörte man erst wirklich dazu. Ohne einen amerikanischen Soldatenfreund ging in diesen Kreisen eigentlich gar nichts. Sie waren verrückt nach ihnen, und ich weiß noch heute, wie es sich anfühlte, wenn sie von ihnen sprachen. Sie waren wieder in ihrem Rausch, die Welle hatte sie erneut überkommen, nur hatte sie sich wieder transformiert und einen neuen Gegenstand gefunden. Wenn sie *PX* sagten, merkte man, wie wichtig es für sie war, das Wort in einem Satz untergebracht zu haben, und auch das Wort *Barracks* sagten sie immer so, als gehörten auch sie schon ganz dazu, zu den *Barracks* und eigentlich damit schon fast zu den Vereinigten Staaten von Amerika. Sie sagten *Barracks* mit einem immer ganz besonders kaugummiartigen Sprechton, in den sie ihr ganzes Sehnen hineinlegten. Überhaupt versuchten sie jetzt so viele amerikanische Wörter wie möglich in ihrem alltäglichen Sprachfluß unterzubringen, und waren sie unter sich, stieg aus Gründen der gegenseitigen Konkurrenz die Häufigkeit dieser Wörter noch um ein Vielfaches. Auch sonst versuchten sie einander zu übertreffen, meistens dadurch, daß sie aufzählten, wie viele Amerikaner sie bereits kannten, und wer am meisten kannte, hatte gewonnen, zumal er dann auch am häufigsten in die Nähe der *Barracks* kam und umso häufiger den *PX* frequentierte. Es war Seligkeit im Gesicht der Mädchen, und sie waren stolz auf alles, auf ihre amerikanische Kleidung, die sie jetzt trugen, auf ihre amerikanischen Holzfällerhemden, auf die amerikanischen Kaugummis, die sie kauten, das amerikanische Bier, das sie aus der Blechdose tranken, obgleich sogar die amerikanischen Soldaten amerikanisches Bier nur dann tranken, wenn kein anderes zur Hand war, also eigentlich nur im

Notfall. Bei uns zu Hause auf der Terrasse tranken sie immer den Henninger-Haustrunk, den mein Vater aus Frankfurt mitbrachte.

Im Grunde waren die GIs der Bravo-Poster-Traum all dieser Mädchen.

Den Gefreiten Tim Zaenglein zum Beispiel hatte meine Schwester im hinteren, nur selten benutzten Kollegsaal der alten Reichskrone auf der Kaiserstraße kennengelernt, unweit der Dunkel, in der damals noch mein Onkel J. verkehrte. Ich sehe vor mir, wie meine frisch geschminkte und gefönte Schwester, sei es in einem Kleid, wie man es damals manchmal noch zu den Familiengeburtstagen anzog, wenn man zur Verwandtschaft fuhr, sei es in Jeans und Bluse (und zwar der besten Bluse und der engsten Jeans) zu meinem Vater in den Mercedes-Dienstwagen der Henninger Bräu steigt, um auf die Kaiserstraße zur Reichskrone gebracht zu werden. Die Idee US-Amerikas war damals im Kopf meiner Schwester schon so groß und mächtig, daß meine Eltern die Waffen gestreckt hatten und nur noch versuchten, das Schlimmste zu verhindern. Deshalb fuhren sie die Schwester lieber eigenhändig zu den Treffen, lieferten sie dort ab, fuhren wieder nach Hause, kehrten dann zur verabredeten Zeit auf die Kaiserstraße zurück, stellten sich mit ihrem Wagen vor die Reichskrone und warteten, bis die Schwester wieder aus dem Lokal herauskomme, hoffentlich noch unversehrt und in ebenso jungfräulichem Zustand wie vorher.

Ängstlich stehen sie nun also dort herum bzw. sitzen in ihrem Auto und warten. Die verabredete Uhrzeit ist längst um.

Erst kommt ein Mädchen aus der Reichskrone heraus, dann ein weiteres, immer mehr Mädchen kommen aus der Reichskrone, aber meine Schwester ist nicht darunter. Anhand der aus der Reichskrone strömenden Mädchen können meine Eltern eine Vielzahl der unterschiedlichsten Mädchentypen studieren, die aber doch allesamt eine Gemeinsamkeit teilen, nämlich in mehr oder minder schwerer Weise von dem besagten Virus befallen zu sein. Für manche der Mädchen ist es bloß ein einmaliges Abenteuer und ein Wagnis, auf das man sich einläßt, weil die Freundin da auch schon mal war, ein kleiner Tabubruch und auch immer so etwas wie ein Aufbegehren gegen die bisherigen Wetterauer Jahre, die man zu Hause verlebt hat in diesem Land, das einem so seltsam ungelenk und altmodisch erscheint, seitdem man die Amerikaner kennt. Für manch andere sind diese Treffen inzwischen die Hauptwochenunterhaltung; es gibt Mädchen, die die US-Soldaten völlig anhimmeln, dann wieder welche, die auf sie wie auf Zuchtbullen sehen. Dann wieder gibt es jene, die da einfach so mal hinwollen, aus bloßer Neugierde, um sich anschließend mit ihrem Freund darüber auszutauschen, was es so alles gibt – allerdings führt das meistens zu Eifersucht, denn man weiß ja nie, was dort im Hinterraum der Reichskrone geschieht zwischen den seriell hingesetzten GIs und den ihnen gegenübergesetzten deutschen Mädchen in Röcken oder engen Jeans und Blusen. Es gibt ja auch Hände. Es gibt ja auch Füße. Und vor allem gibt es hinterher meist irgendwelche Verabredungen, die dann nicht mehr im hinteren Saal der Reichskrone bei einer Tasse Kaffee oder einem Glas Apfelsaft stattfinden.

So defilieren die Mädchen an meinen Eltern im Wagen vorbei, und immer noch kommt die Schwester nicht heraus.

Nun machen sie sich langsam wirklich Sorgen, und meine Mutter sagt zu meinem Vater, jetzt muß sie doch endlich herauskommen, wo bleibt sie denn bloß? Als Eva N., eine Nachbarstochter aus dem Mühlweg, aus der Reichskrone herauskommt, steigt meine Mutter aus, läuft zu ihr hin und fragt, ob sie ihre Tochter gesehen habe, was sie denn da drin so lange mache? Was die da drin denn überhaupt machten? Keine Ahnung, ob sie schon draußen ist, sagt Eva N. Es gehe sie ja auch nichts an. Währenddessen blickt sie zum Automobil meines Vaters, sieht diesen darin sitzen und zieht für einen kleinen Moment die Augenbrauen hoch. Mehreres sagt diese Bewegung mit den Augenbrauen. Erstens, daß

Eva N. sich niemals von ihren eigenen Eltern in die Reichskrone bringen lassen würde, sondern daß sie alt genug ist, dort allein hinzugehen, und daß sie sich auch niemals so von den Eltern beaufsichtigen und bevormunden lassen würde in ihren Beziehungen zu Amerikanern und überhaupt in ihrem Ausgehverhalten mit Jungs bzw. Männern; zweitens, wie lächerlich sich diese Eltern machen, hier wie die aufgescheuchten Hühner herumzurennen und auf ihre Tochter zu warten; und drittens, wie unglaublich doof und verspießert nicht nur diese Eltern sind, sondern eigentlich alle hier, also die gesamte Wetterau, um nicht zu sagen überhaupt dieses blödsinnige Land mit all seinen Einwohnern. Niemals würde Eva N. meinen oder ihren Eltern oder überhaupt irgendwelchen Eltern erzählen, was in der Reichskrone vonstatten geht und was überhaupt in ihrem Leben und in ihrem Kopf (Herz) vonstatten geht, denn das würde nie einer von denen auch nur ansatzweise begreifen ... Keiner von ihnen würde begreifen, daß sie, Eva N., einfach nicht so ist wie die anderen Deutschen und daß es überhaupt insgesamt kaum auszuhalten ist hier und daß man ja geradezu förmlich erstickt unter diesen Menschen. Endlich ausbrechen! Gerade deshalb geht sie ja in die Reichskrone oder ins Central oder an die übrigen Orte, wo man andere Leute kennenlernen kann. Und dann stehen sie auch noch hier, diese Eltern aus dem Barbaraviertel, diese grauen, verbiesterten, blockwarthaften Mäuse, die die Bevölkerung ihrer Heimat bilden. Diese Graue-Maus-Heimat!

Dennoch bleibt Eva N. freundlich, verabschiedet sich so höflich, wie sie es als Nachbarstochter tun zu müssen meint, und läßt meine Eltern dann allein auf der Kaiserstraße zurück. Noch immer treten Mädchen aus der Reichskrone auf die Kaiserstraße heraus, und nun endlich kommt auch meine Schwester, es ist schon mehr als eine halbe Stunde über die verabredete Zeit, aber meine Eltern wissen, daß sie diesbezüglich lieber keine Bemerkung machen. Meine Schwester hat ihren Blick gesenkt und steigt ins Auto. Eben, drinnen in der Reichskrone, war sie noch bester Laune gewesen, jetzt, bei den Eltern draußen, ist ihre Laune sofort die allerschlechteste, die sich denken läßt. Sie erwartet, daß sie gleich gefragt wird, wen sie kennengelernt habe, über was sie gesprochen hätten und so weiter. Meine Schwester kann diese Fragen nicht ertragen, und beantworten würde sie sie schon gar nicht. Sie sitzt wie ein Paket Dynamit im Auto, das jede Sekunde hochgehen kann. Auch Minimalfragen wie: War es schön? oder: Hast du dich gut unterhalten? würden zu einer sofortigen Explosion führen. Eben hatte sie noch dort drin am Tisch gesessen und etwas ganz anderes vor sich gesehen, eben noch in der Reichskrone war alles gut gewesen, jetzt ist sie todunglücklich bis zur seelischen Totalschwärze und verkraftet nicht, so auf sich selbst und diese Eltern und überhaupt alles zurückgeworfen zu sein. Vermutlich würde sie am liebsten um sich schlagen. So sitzt sie im Automobil, und meine Eltern kutschieren sie nicht weniger vorsichtig nach Hause als die Königin-Pasteten vom Café Müller am Weihnachtsvortag, die stets so sanft wie möglich transportiert wurden, damit sie nicht bei der Fahrt zerbrachen.

Meine Schwester schaut während der Fahrt von der Kaiserstraße in den Mühlweg auf die von den Laternen erleuchteten Wirtschaften und Häuser und ist ebenso von Haß (auf meine Eltern) wie von ihren unstillbaren Wünschen (nach einer anderen Welt, nach den zwei Stunden in der Reichskrone, nach dem Amerikaner von eben, wie hieß er genau, er hieß Tim, und wie dann, hieß er wirklich *Zaenglein*? das ist doch kein Name für einen Amerikaner!) erfüllt. Die Häuser huschen vorbei wie einzelne Lebensmöglichkeiten, und meine Schwester denkt, hinter all diesen Fenstern spielt sich doch das Immergleiche ab, Eltern, die ihre Töchter beaufsichtigen und bevormunden und nicht allein in die Reichskrone gehen lassen, sondern die wollen, daß man einen deutschen Mann oder, besser gesagt, einen deutschen Jungen kennenlernt und mit diesem deutschen Jungen dann von Anfang an zusammen ist, am besten gleich mit dem ersten, mit dem man dann immer zusammenbleibt, am besten gleich mit Ralf Kling, dem Nachbarssohn, und den soll man dann heiraten, und am Ende hat man dann in seinem ganzen Leben einen einzigen deutschen Jungen bzw. Mann gehabt, und mit dem ist man dann immer zusammengeblieben und hat nie einen anderen kennengelernt, und das soll dann das Leben gewesen sein. Dafür haben uns die Amerikaner aber nicht befreit.

Dann fahren sie zum Hoftor hinein, das mein Vater aufschiebt, und drinnen im Haus fragt meine Mutter meine Schwester noch, ob sie etwas gegessen habe und ob sie nicht vielleicht jetzt noch etwas essen möchte, aber meine Schwester, die Lust hätte, sofort jede Tür im ganzen Haus zuzuknallen, bis die Türgriffe herausfliegen, antwortet nichts, schaut an sich herunter, an ihrem Rock bzw. der engen Jeans, schaut auf ihre Bluse und ihren Busen und geht wortlos in ihr Zimmer. Dort schließt sie die Tür ab, um sich ihren Träumen hingeben zu können und nicht weiter Gefahr zu laufen, daß meine Eltern sie etwa noch einmal zur Rede stellen könnten.

So kamen die Mädchen abends nach Hause, und jede folgende Handlung war eine Sehnsuchtshandlung. Die Jeans öffnen, die Bluse ablegen, ins Bett steigen, die Brüste liegen wieder einmal verramscht und unbenutzt da, obgleich noch vor einer Stunde nicht nur dieser Amerikaner ihnen am Tisch gegenüber darauf geblickt hat, sondern auch viele der anderen, wie sie glauben. Die Brüste erst einmal nicht zudecken. Noch außerhalb der Decke liegen lassen. Könnte immer noch jemand darauf starren, und jetzt um so besser. Aber vielleicht haben sie auch längst ein T-Shirt an und denken weder weiter an ihre Eltern noch an die auf sie blickenden Amerikaner in der Reichskrone, sondern haben sich inzwischen auf ihrem Bett zum Radio gewendet und schalten es an, um nahe an ihrem Ohr AFN zu hören, *American Forces Network*, sie müssen den Sender nicht einstellen, sie wechseln ihn niemals. Nachrichten von den US-Soldaten aus Deutschland. Nachrichten und Grußbotschaften von US-Soldaten aus aller Herren Länder, wo auch immer sie stationiert sind. Die Musikwünsche für Jim aus Vernon, Connecticut, oder für Bob aus Stockton, Kansas. Sie, die Mädchen, kamen ja nur aus Friedberg, Wetterau.

Meine Schwester liegt im Bett, und AFN wiegt sie in den Schlaf wie das schönste und ruhigste und sehnsuchtsvollste aller Wiegenlieder. Noch die auf amerikanisch angesagte Uhrzeit in *Central Europe* kommt ihr vor wie die Stimme des lieben Gottes, der ihr gerade Gutenacht sagt. Und wie sie langsam in den Schlaf gleitet, vermischen sich die Erlebnisse in der Reichskrone bzw. die Verabredung, die sie dort mit Tim Zaenglein getroffen hat, mit dem, was ihr mit Tim Zaenglein bevorstehen wird, als geschehe alles das schon jetzt und nicht erst dann, wenn sie sich wirklich wiedersehen werden, was übrigens übermorgen sein wird, aber das hat sie nun schon vergessen, denn Raum und Zeit haben sich für sie aufgelöst, da sie im Bett liegt und eingeschlafen ist, während das Radio in die dunkle Nacht im Zimmer hineinleuchtet und die AFN-Stimme noch immer die Uhrzeit ansagt, Stunde um Stunde.

It's one o'clock in Central Europe
It's two o'clock in Central Europe
It's three o'clock in Central Europe

Bilderfetzen. Fragmentarische Szenen. Sie auf dem Schulhof. Jemand will etwas von ihr wissen, will sie ausfragen, eine Schulfreundin, aber eigentlich ist sie eine Feindin, sie steht so seltsam halbverdeckt hinter der Schultoilettenwand. Meine Schwester will aber nichts sagen. Vor allem will sie nichts über jemanden namens Tim Zaenglein sagen, und das schreit sie nun aus sich heraus: *Ich werde niemandem erzählen, daß er Zaenglein heißt*, und plötzlich lacht die Freundin-Feindin und geht zufrieden davon. Dann: Schulhof. Eine allgemeine Schlacht. Alle Schulhofmädchen schreien und schlagen sich und reißen sich an den Haaren, meine Schwester wird fast zertrampelt, ist aber aus irgendeinem Grund plötzlich auch selbst wütend auf die anderen, und als sie die Möglichkeit hat, ihrer Freundin-Feindin von hinten den Rücken zu zerkratzen, will sie es auch tun, aber kaum rührt sie sie an, hat sie schon die ganze Rückenhaut in der Hand. *Zänglein, Zänglein* rufen alle, sie sieht den Namen jetzt in Buchstaben vor sich, mit dem demütigenden deutschen Umlaut. Dann: Studio Central. Der verabredete Zeitpunkt. Er kommt, aber er ist plötzlich ganz klein, sie muß sich zu ihm hinabbeugen, aber er scheint nicht zu merken, wie klein er ist, und in Wahrheit ist es ja gar nicht er, sondern Ralf Kling, der Nachbarssohn aus der Nummer achtzehn, und als sie genauer hinschaut, ist es auch nicht Ralf Kling, sondern unsere Großmutter, welche sie fragend anschaut, ein wenig vorwurfsvoll sogar.

Am nächsten Morgen kann sich meine Schwester an diese Traumfragmente nur noch sehr ungenau erinnern, aber nach der Schule, am Nachmittag, holt sie dennoch ihr Tagebuch hervor und schreibt darin den Traum nieder, wie sie ihn gehabt zu haben meint, und den gestrigen Abend in der Reichskrone setzt sie ebenfalls hinzu, etwa so: *Gestern bin ich beim Treffen gewesen und habe einen GI kennengelernt, wir haben uns gut verstanden, er ist sehr groß, er hat ein Auto und macht auch Dienst im PX, aber ich habe ihn da noch nie gesehen. Am Samstag gehen wir ins Central, wir haben uns verabredet. Am Abend bin ich mit AFN eingeschlafen. Im Traum habe ich jemanden seinen Namen rufen hören. Alle auf dem Schulhof haben davon gesprochen. Ich war mit ihm im Central und hatte ein weißes Kleid an.*

Es ist vermutlich eine der längeren Eintragungen in ihrem Tagebuch. Wie gesagt, sie führte dieses Tagebuch zu der Zeit, weil alle es führten, und sie schrieb dort genau das hinein, was alle hineinschrieben. Zwar war das Tagebuch geheim, aber alle diese Freundinnen lasen sich dennoch andauernd daraus vor.

Die Laune meiner Schwester den Eltern gegenüber bessert sich am auf die Reichskrone folgenden Tag nicht, denn nun steht ihr das Treffen in unserer Friedberger Diskothek, dem Studio Central unweit der Stadtkirche, bevor, dem sie zwar in einer ihr bislang unbekannten Erregung entgegenfiebert (ständig hat sie eine fliegende Hitze im Gesicht), aber sie hat keinerlei Ahnung, wie sie den Eltern sagen soll, daß sie morgen ins Studio Central gehen wird, um dort den GI Tim Zaenglein zu treffen. Im Studio Central verkehrten damals fast nur amerikanische Soldaten und deutsche Mädchen, das Central galt als Amilokal. Mit Ralf Kling, dem zwei Jahre älteren Nachbarssohn und Schulkollegen meines Bruders, hätten meine Eltern sie wohl ins Central gehen lassen, aber sonst mit vermutlich niemandem. Vor dem Central gab es regelmäßig Schlägereien.

Also ist meine Schwester vorsorglich schon am

Tag vor dem Central schlecht gelaunt. Die schlechte Laune ist wie eine Vorsichtsmaßnahme, ein Fundament, um im folgenden darauf aufzubauen, denn noch hat meine Schwester kein Konzept zur Erzwingung des Central-Besuchs. Noch ist erst Freitag. Noch hat sie nichts vom Central gesagt. Beim Abendessen stochert sie auf ihrem Teller herum, und wenn meine Eltern mit demonstrativer Freundlichkeit fragen, was sie habe und ob es ihr nicht gutgehe, dann sagt sie bloß möglichst tonlos *nein nein, wieso?* Weil sie so wortlos sei, antworten meine besorgten Eltern. Sie sei doch überhaupt nicht wortlos, antwortet meine ansonsten weiterhin wortlose Schwester. Sie steht vorzeitig vom Abendessen auf, beteiligt sich anschließend auch nicht am Geschirrwegräumen, sondern setzt sich vor den Fernseher, weiterhin ohne einen Laut von sich zu geben, wobei sie ihre Ellbogen auf die Knie und ihren Kopf auf die Hände stützt und immer wieder mit einer Kopfbewegung ihre dauergewellten Haare aus der Stirn schüttelt. Aber die Haare kehren jedesmal sofort zielorientiert auf ihren Platz zurück und unterstreichen den Schmoll-Eindruck, den meine Schwester gerade auf ihre Umwelt macht. Sie sieht eine amerikanische Familienserie, aber eigentlich schaut sie gar nicht hin, sondern richtet ihre ganze Aufmerksamkeit auf das, was hinter ihr geschieht und was die Eltern gerade reden. Übrigens trägt sie ein Holzfällerhemd, nicht klassisch rotschwarz, sondern blaugrau. Mein Vater würde jetzt sehr gern die Nachrichten sehen, aber dafür geht er lieber hoch ins Schlafzimmer und schaltet dort den Fernseher ein …

Als ich am nächsten Nachmittag nach Hause komme, sind alle Beteiligten äußerst bleich, und am Abend um neunzehn Uhr fährt mein immer noch kalkweißer Vater meine Schwester im Dienstwagen zur Stadtkirche und setzt sie dort vor dem Eingang des Studio Central ab, vor dem bereits einige GIs auf der Straße stehen, augenscheinlich sehr guter Laune, rauchend, und belustigt zuschauen, wie dort der Wagen hält und das Mädchen aussteigt, um im bunt erleuchteten Eingang des Central zu verschwinden. Ein paar Tage später sitzt der Gefreite Tim Zaenglein dann zum ersten Mal bei uns im Wohnzimmer.

Es war immer ein armseliges Bild, wenn ein GI aus den Ray Barracks bei uns im Wohnzimmer saß. Neben meiner Schwester und dem GI war auch immer mein Vater anwesend. Eisern saß er Abend um Abend im Wohnzimmer, wenn meine Schwester sich mit einer ihrer neuen Bekanntschaften aus der Kaserne traf. In diesem trostlosen Wohnzimmer auf der trostlosen Couch, die auf dem trostlos gelbgrauen Stoffteppich stand, saßen sie herum, bei heruntergelassenen Rolläden, das Zimmerlicht war eingeschaltet, an der Wand (Strukturtapete) wurde von diesem Licht ein pseudoägyptisches Bildwerk angestrahlt, das auf den betreffenden GI wohl eine ernüchternde Wirkung gehabt haben muß, kaum daß er es sah, irgendein Vorderer-Orient-Machwerk aus der Werkstatt eines deutschen Kunsthandwerkers aus irgendeiner Stadt der näheren Umgebung, Büdingen, Wetzlar oder Groß-Krotzenburg, inspiriert vom Grabmahl des Tutanchamun. So saßen sie auf der Couch, mühsam eine Unterhaltung in Gang bringend, die dann zumeist von meinem Vater bestritten wurde, obgleich meine Schwester inzwischen fließend amerikanisches Englisch sprach und mein Vater nur sein Besatzungszonenenglisch von *anno* dazumal. Irgendwann schaltete mein Vater den Fernseher ein, und dann mußten alle drei fernsehen, obgleich sicherlich keiner der drei Beteiligten in diesem Augenblick fernsehen wollte. Ich sah es manchmal von der Tür aus. Manchmal saß auch meine Mutter dabei.

Im Grunde besagte die Tatsache, daß mein Vater da herumsaß, bis ihm die Augen zufielen, daß er jederzeit davon ausging, die beiden anderen würden, kaum wäre er selbst nicht anwesend, sofort übereinander herfallen, oder zumindest der Amerikaner über meine Schwester, hier im Wohnzimmer. Das galt es auszusitzen. Es war wie ein Sitzsport. Es galt, länger zu sitzen als der andere. Jeden Abend mußte mein Vater als Sitzsieger wieder aus dem Wohnzimmer herauskommen, nachdem er dem Amerikaner eine Niederlage zugefügt hatte. Die amerikanische Besatzungsmacht, im deutschen Wohnzimmer ausgesessen. Mein Vater hatte sich damit abgefunden, daß da vielleicht der zukünftige Schwiegersohn saß. Wenn ich meine Schwester sah, tat sie mir in diesen Momenten immer leid, ebenso wie der GI, und mein Vater tat mir auch leid, denn eigentlich war er ja von allen am meisten getrieben, von seinen Aufsichtspflichten und seinen Vorstellungen, und dabei fielen ihm die Augen schon lange vor den Tagesthemen zu.

Dem GI wurden übrigens auch Getränke angeboten, man holte eine Flasche Rheinwein aus dem Keller, stellte Fischlis oder Salzstangen auf den Fernsehertisch, und der arme GI saß da und sagte sich, das ist jetzt also Deutschland. Ich fand es natürlich merkwürdig, daß mein Vater damals auf solche Weise die allabendliche Aufsicht über die GIs und meine Schwester führte. Es fand alles wie im Zoo statt, mit meinem Vater als Zoowärter.

Von dem Augenblick an, da ich wußte, wie Menschen durch Beischlaf entstehen, konnte ich den Gedanken, daß meine Eltern Kinder gezeugt hatten, nie mehr mit ihnen und ihrer Art, über die Dinge und die Welt zu reden, in Einklang bringen. Ich war nun vierzehn und hielt es für geradezu unglaubwürdig, daß meine Eltern tatsächlich Kinder gezeugt haben sollten, uns, darunter auch mich. Es paßte vor allem nicht zu ihren Reden. Ich hatte es noch nie so klar vor mir gesehen wie jetzt, da ich die andere Welt komplett verstanden und endlich begriffen hatte, daß es gar keine andere war, sondern, wie gesagt, für alle die eigentliche und omnipräsent. In ihrer Sprache kam das, was den Beischlaf und alles damit Zusammenhängende betrifft – also der innerste Kern dieser ganzen Familie und der alleinige Grund meiner Existenz –, nie vor. Ich begriff: Es war so, als sei genau das, durch das alles entstanden war, peinlich genau aus dieser Welt ausgeschlossen. Denn das stand hinter dem sprachlichen Ausschluß: der Ausschluß aus der Welt. Was nicht erwähnt wurde, sollte möglichst irgendwie gar nicht existieren. Sie taten so, als gäbe es all das eigentlich nicht. Es sollte nur als Geheimwissen existieren, um dessen Existenz nur die wissen, die es verschweigen.

Aber es gab nicht nur keine Sprache dafür, sondern es gab sogar so etwas wie eine ausgesprochene Nichtsprache. Oder besser gesagt: Weil das unausgesprochene Thema so mächtig in ihnen war, usurpierte es ganz andere Sprachgebiete (was ich früher nie verstanden hatte). In Wahrheit sprachen sie nämlich andauernd vom Beischlaf, wenn es um den GI bei uns im Wohnzimmer und meine Schwester ging. Aber sie benutzten ganz andere Wortlaute. Auch hier mußten sie erst durch mehrere Sprachebenen hindurch. Es hieß beispielsweise nicht: Wenn meine Schwester Besuch bekomme, *müsse* jemand im Wohnzimmer sein. Schon dieses *müssen* wäre zu explizit gewesen. Natürlich war von Anfang an klar, daß jemand dort saß, bis der Amerikaner wieder gegangen sein würde. Das mußte gar nicht ausgesprochen werden. Ein Ersatzwort für dieses *im Zimmer bleiben müssen* war aber etwa: *unterhalten*. Mein Vater sagte dann, es sei doch ganz natürlich, wenn der Besuch der Schwester sich auch *mal* mit den Eltern *unterhalte*. Das eigentliche Wort war Aufsicht, aber es wurde nicht benutzt.

Und was die Aufsicht verhindern sollte, war der Beischlaf. Dieses Wort und alle seine Übersetzungsmöglichkeiten hatte ich in meinem Elternhaus nie gehört, dabei wäre schon das Wort Elternhaus ja ohne das Wort Beischlaf gar nicht möglich. Und genau das, was doch offenbar für meinen Vater eine geradezu weltbestimmende Hauptsache war, wurde komplett nicht erwähnt, ein Leben lang nicht, als wäre es eigentlich gar nicht. Als müsse es völlig aus der Welt ausgeschlossen werden, um gebändigt zu sein. So war die sprachliche Welt meiner Eltern ein ganzes Leben lang eine Welt ohne Beischlaf, und ich spürte, wie durch die totale Abwesenheit dieses Wortes (oder seiner Umschreibungen) dieses Wort totale Allmacht über sie hatte. Nicht anders hätte ein orientalischer Stammesfürst aus Tausendundeiner Nacht in seinem Zelt sitzen und seine Töchter beaufsichtigen können, als es mein Vater in unserem Wohnzimmer im Mühlweg mit meiner Schwester tat. Und tatsächlich sah ich dort im Wohnzimmer ein Bild vor mir, das geradezu märchenhafte Züge aufwies: Die drei Gestalten saßen da, über ihnen schien ein Bann zu liegen, und alles in diesem Zimmer war plötzlich wie mit einer anderen Bedeutung aufgeladen. Bei dem orientalischen Märchenfürsten hätten vielleicht Datteln oder Feigen auf dem Tisch gestanden, in einer kostbaren Schale, oder die anwesenden Personen hätten alle auf Teppichen gelagert, ein Diener hätte duftendes Hammelfleisch oder irgend etwas anderes hereingebracht, und die Tochter hätte auf einem Instrument irgendwelche Melodien gespielt, wodurch der Vater hätte dem Bewerber zeigen können, welch teure Ausbildung seine Tochter genieße, kurz, was er in sie investiert habe, um sie heiratsfähig zu machen. Die Szene in unserem Wohnzimmer im Mühlweg, mitten in der Wetterau, kam mir genauso exotisch vor, der einzige Unterschied war, daß man jeden Gegenstand dieses orientalischen Bildes ins Oberhessische übersetzen mußte: Statt des Zeltes das Wohnzimmer, statt der Datteln und Feigen Fischlis und Salzstangen, statt der kostbaren Teppiche die trostlose Couch, statt des orientalischen Duftes und der wallenden Wände des Zeltes (ein blauer Himmel darüber) die deutsche Siebziger-Jahre-Tapete, die verschlossenen Rolläden, das eingeschaltete Kunstlicht der Glühbirnen und natürlich der Fernseher, der hier vielleicht die Rolle der melodischen Untermalung vertrat und es gleichzeitig überflüssig machte, daß die Tochter noch eine musische Ausbildung hätte haben müssen. Der Hauptunterschied zwischen diesen beiden märchenhaften Gesellschafts- oder Familienszenen, der orientalischen und der wetterauischen, bestand für mich allerdings in der bodenlosen Trostlosigkeit der Wetterauer Version. Sie hatte nicht einmal die Kostbarkeit der Rituale, und das Festlichste an der ganzen Situation (an deren Ende ja auch die Vermählung und der schließlich gestattete und nun rechtmäßige Beischlaf hätte stehen können) waren ebenjene Cerealien auf dem Tisch. Der Weg war beschrieben und vorgezeichnet vom Fischli bis zum Ehebett.

Gegen halb elf Uhr abends ging der betreffende GI dann stets, gab meiner Schwester zum Abschied die Hand und wurde anschließend von meinem Vater in seinem Dienstwagen in die Kaserne zurückgefahren.

A WHITE RABBIT WITH PINK EYES

Eines Tages hieß es, ein amerikanischer Gastschüler komme zu uns ins Haus. Diese Nachricht elektrisierte meine Schwester förmlich. Kein Soldat, sondern ein Gleichaltriger, ein Schüler wie sie, er würde bei uns wohnen, er würde gemeinsam mit uns essen, er würde auf dieselbe Schule gehen wie wir, er würde ständig dasein.

Ein paar Tage war sie in allgemeiner Aufregung. Damit war das große Los gezogen, denn einen wirklichen und realen Amerikaner bei sich wohnen hatte niemand von ihren Freundinnen in Friedberg in der Wetterau. Zwar hieß es, der Amerikaner würde nur ein paar Tage bei uns bleiben, nur übergangsweise, vielleicht auch ein oder zwei Wochen, aber mehr nicht, bis ein neuer Aufenthaltsort und eine neue Gastfamilie für ihn gefunden seien, aber allein schon die Aussicht auf wenige Tage war für meine Schwester wie die Erwartung, einen neuen Kontinent zu betreten. Endlich jemand! Sie würde über alles mit ihm reden können. Über Amerika würde sie mit ihm reden können. Und er würde natürlich von Amerika erzählen, er würde von seinem Schülerleben in Amerika erzählen, und sie würde sich dann, in ihrer Wetterauer Schule sitzend, noch besser vorstellen können, wie es wäre, in einer amerikanischen Schule zu sitzen, in einer High School, mit High-School-Festen und High-School-Lehrern und High-School-Pausenhofgesprächen und High-School-Freundinnen. Vielleicht war er aus Kalifornien. Dann könnte er sogar ein Surfer sein. Es war eine Universalerwartung, die sich ihrer in diesen Tagen bemächtigte, als der Gast angekündigt, aber noch nicht erschienen war. Bis dahin verweilte unser Gast noch in Reichelsheim oder Wölfersheim oder irgendwo dort in der Nähe, in einem kleinen, muffigen, noch nicht aufgearbeiteten, abgewetzten Fachwerkhaus, einem jener Häuser, wie es sie damals, vor den bald überall anstehenden Ortskernsanierungen, noch gab. Dort hatte man ihn bei seinen ersten Gasteltern untergebracht.

Vor allem würde sie unseren Gast unter ihre Fittiche nehmen und ihm alles zeigen. Sie würde ihm zeigen, was bei uns anders wäre als bei ihm zu Hause, und dadurch würde sie ihm unter Beweis stellen, wie gut sie sich eigentlich schon bei ihm zu Hause auskenne, auch ohne schon drüben, in den Staaten, gewesen zu sein. (Man sagte in ihrem Kreis immer *die Staaten*, stets ohne nähere Bezeichnung.) Die Aussicht, nun den ganzen Tag in der Gesellschaft eines US-Amerikaners zu sein, verhieß für sie ein Glück, wie es bis *dato* eigentlich nicht denkbar gewesen war. Möglich geworden war dieses Glück infolge irgendeines internationalen Deutschland-Gast-Programms, von dem wir vorher nie etwas gehört hatten.

Mein Vater hatte sich bei einem Kreistagskollegen näher über dieses Programm informiert. Nicht nur Amerikaner, sondern auch Finnen, Schweden, Argentinier, Engländer und andere waren zuerst an eine zentrale Stelle in Deutschland gebracht und von dort auf die verschiedenen Gastfamilien quer über das Gebiet der Bundesrepublik verteilt worden. Unser Gast war einem Gastvater in der Wetterau zugeteilt worden.

John Boardman, so hieß er, war seit drei Wochen in Europa. Mein Vater holte ihn bei seinem vorigen Gastvater ab.

Was vor allem an John Boardman ungewöhnlich war, war sein Äußeres. So etwas hatten sie noch nicht gesehen im Kreis der Freundinnen, und sie hätten es auch in keiner Weise erwartet oder für möglich gehalten. Ich kann mir den Gesichtsausdruck meiner Schwester vorstellen, als sie John zum ersten Mal erblickte.

Als ich an jenem Tag irgendwann nachmittags nach Hause kam, hörte ich zwar jemanden in der Küche, vermutlich unseren Gast, betrat die Küche aber nicht und kümmerte mich nicht weiter darum. Zunächst bekam ich von John nichts außer dem mit, was mir meine Schwester noch am selben Abend erzählte. Wir trafen uns spät im Hausflur, und sie sagte, daß der amerikanische Besuch jetzt also erschienen sei. Sie schilderte gewisse Details, wo er herkomme (er kam nicht aus Kalifornien, sondern aus Colorado), welche Sprachen er spreche, aber es war zu bemerken, daß bei ihr keine rechte Begeisterung aufgekommen war. Irgend etwas mußte sie enttäuscht haben. Ich wußte nicht, was vorgefallen war, ich merkte nur, daß etwas nicht stimmte.

Es handelte sich bei John Boardman um ein Riesenbaby. Das war das Wort, das schon am ersten Tag allen vor Augen geschrieben stand, die ihn gesehen hatten, auch wenn sie es noch nicht aussprachen. Das erste, was an ihm auffiel und ihn jäh diskreditierte, war die Tatsache, daß er unglaublich dick war. Er war geradezu fett. Wir hatten niemals einen dickeren Menschen bei uns im Haus gehabt, vielleicht hatte ich in ganz Friedberg noch nie einen so dicken Menschen gesehen, dabei war John Boardman nicht einmal älter als meine Schwester. Alles schwabbelte an ihm. Die Arme wirkten regelrecht zu kurz, wenn sie sich auf die Rundung der Taille legten, wie bei einem überfressenen Kaninchen, als seien sie bloße Rudimente oder als seien sie Flossen. Darüber hinaus war er sehr blaß, fast so weiß wie ein Mensch ohne Pigmente. Auch seine Haare waren sehr hell, ein mattes Strohgelb, sie hingen dünn und kraftlos herunter, er hatte einen Topfschnitt. John trug immer Sandalen – in Schuhe kam er nicht gut hinein. Zu Hause bei uns hüllte er sich oft in einen Bademantel. Da zu dieser Zeit meine Mutter meist einen Morgenrock trug, war das natürlich absurd, beide ergaben zusammen eine Hausrockparade, wenn sie am Frühstückstisch saßen. Und John konnte sehr lang am Frühstückstisch sitzen, wenn er keine Schule hatte.

Ich weiß noch, daß ein früher Eindruck, den ich von ihm hatte, der war, daß er sich in seiner Kleidung nicht wohl fühlte. Wenn er Hose und Hemd trug, vermittelte er dem Betrachter das Gefühl, etwas würde ihn zwicken, die Kleidung sei ihm insgesamt eine Last. Er sah zwar nicht in seine Kleidung hineingestopft aus, denn sie war weit genug. Aber er war sozusagen in sich selbst und seinen eigenen Körper hineingestopft, vielleicht kam daher der Eindruck. Übrigens darf man in John Boardman nicht die Form von Fettheit sehen, die wir heute klischeemäßig mit den Vereinigten Staaten verbinden. So schlimm war es nicht. Im Vergleich dazu sah er sogar fast harmonisch aus in seiner seltsamen Verbindung von Dickheit, Blässe und Jugend.

Am liebsten war er nackt. In den ersten Tagen lief er öfter so durch den oberen Stock. Das machte alle fassungslos, vor allem meine Mutter, sie war ja die meiste Zeit zu Hause und bekam ihn am häufigsten mit. In der Tat lief er immer dann nackt über den Gang, wenn er gerade aus der Dusche kam (er duschte oft). Er gewöhnte sich aber auf Geheiß meiner Mutter bald an ein Handtuch und lief fortan wenigstens mit einem solchen umgürtet durch den oberen Stock. Trotzdem versuchte die Familie, ihm möglichst gar nicht da oben zu begegnen. Er hatte das Zimmer zu seiner Verfügung, das auf den großen Balkon über der Garage ging. In diesem Zimmer befand sich die Bibliothek meiner Mutter, und dort hatte in den ersten Jahren des Hauses immer Frau Däschinger gearbeitet, unsere Nähfrau. Jetzt war es Johns Zimmer.

Er sollte nur ein paar Tage bleiben. Wie gesagt, höchstens ein, zwei Wochen. Es wurde ein Jahr.

Sein Lieblingsraum war die Küche, und das Wichtigste im ganzen Haus war der Kühlschrank. Als ich am Tag nach seinem Einzug nach Hause kam, sah ich ihn das erste Mal essen. Mein Vater hatte ihn an diesem Morgen in unserer Schule vorgestellt. Seltsamerweise hatte John Boardman während seines dreiwöchigen Aufenthalts in Reichelsheim oder Wölfersheim keinerlei Schulunterricht genossen, obgleich der Schulbesuch Hauptbestandteil des ganzen Gastelternprogramms war. Offenbar hatte sich sein bisheriger Gastvater einfach nicht darum gekümmert. Nach dem Gespräch mit dem Direktor hatte ihn mein Vater bei meiner Mutter abgeliefert, aber diese war irgendwann geflüchtet, und so hatte ich John allein in der Küche gefunden.

Er saß am Tisch. In der Küche herrschte eine ungewohnte Unordnung. Die Brotmaschine stand nicht wie sonst auf der Arbeitsfläche, sondern auf dem Tisch, neben ihr ausgepacktes Brot, die Butterdose, Frischkäse, Marmelade, ein aufgeschlagenes Päckchen Schinken, es fanden sich eine Pfanne mit Spiegeleiern dort, Nutella, Cornflakes, alles durcheinander, auch Mettwurst und vor allem ein Kuchen aus dem Edeka, wie wir ihn normalerweise nicht aßen, ein feuchtes, süßliches Zeug.

Bedächtig, aber nicht langsam beendete John gerade eine Schüssel Cornflakes und nahm dann die Pfanne mit den Spiegeleiern. Es war ein stetes, ununterbrochenes, konzentriertes Weiteressen. Der Esser sah aus wie ein fahler, US-amerikanischer Buddha, es fehlte allerdings jedes Lächeln.

Am Folgetag traf ich ihn in der großen Pause auf dem Hof meiner Friedberger Gesamtschule auf der Seewiese. Als ich ihn sah, aß er gerade. Er hatte sich eine Rindswurst und ein Brötchen geholt, eine Packung Manner-Kekse und zwei Becher Kakao, die man mit Strohhalm trank. Er grüßte mich sehr freundlich, konnte aber meinen Vornamen nicht aussprechen. Vielleicht kannte er ihn gar nicht. Er konnte übrigens nur ein paar Brocken Deutsch, eigentlich wußte er gar nichts. In Amerika hatte er die Sprache nicht gelernt.

In wenigen Wochen würde mich John *Andreas* nennen, glasklar und glockenhell ausgesprochen. Er hatte eine schöne Stimme. Sie wirkte beruhigend, und mir schien, daß sie, je besser er Deutsch sprach, einen desto schöneren und weicheren Klang bekam.

John erwies sich am ersten Schultag als nicht besonders anhänglich, zumindest bei mir nicht. Auf dem Schulhof wechselten wir nur einige Worte. Es dauerte ein paar Tage, bis er Interesse an mir zu finden schien. Zu Hause sah ich ihn, wie er, frisch geduscht, durch den oberen Stock lief, nicht um sich in die Bibliothek zu begeben, sondern um meine Mutter zu suchen, nur mit dem Handtuch bekleidet und ansonsten vor sich hin schwabbelnd. Ich weiß nicht, was vonstatten ging, wenn er bei meiner Mutter war (ich war zu dieser Zeit tagsüber selten zu Hause), ich weiß nur, daß sie sehr bald folgenden Verzweiflungsmonolog hielt:

Das ist nicht mehr auszuhalten. Immerfort läuft er mir nach! Durch das ganze Haus läuft er mir nach! Gehe ich nach unten in den Keller an die Mangel, läuft er mir hinterher und bleibt neben der Mangel stehen, gehe ich hinunter, um Wäsche aufzuhängen, läuft er mir auch nach! Gehe ich in die Küche, kommt er hinterher, er hat sogar schon versucht, mir ins Bad hinterherzulaufen. Wenn ich zum HL fahre, kommt er mit, dann läuft er wie ein Kleinkind durch den HL und schaut sich alles an, als sähe er es das erste Mal, und er *faßt* auch alles an. Er nimmt es immer in die Hände, und ich sage dann, John, stell das wieder zurück. Als sei er drei Jahre alt. Er nennt mich permanent Mama! Ich sage ihm, er soll doch mal nach draußen gehen, er soll mal mit euch ins Schwimmbad gehen oder er könnte doch überhaupt mal mit dir oder deiner Schwester rausgehen, aber er sagt dazu gar nichts und bleibt einfach da und läuft mir dann wieder nach, auch wenn ich nur von einem Raum in den nächsten gehe. Manchmal ist die einzige Möglichkeit, daß ich mich ins Wohnzimmer setze und den Fernseher anschalte. Ich würde mich aber auch gern mal wieder ins Bett legen und dort fernsehen, aber dann muß ich die Tür vom Schlafzimmer abschließen, und wenn ich das tue, merke ich, wie er vor der Tür steht und ein-, zweimal die Klinke betätigt, um zu schauen, ob nicht doch offen ist.

Was meine Mutter sagte, wurde durch eine Szene veranschaulicht, die ich eines Tages erlebte. Ich betrat das Haus, John Boardman begrüßte mich freundlich an der Tür (er war zufällig im Vorraum), ließ sich aber von mir nicht beirren in dem, was er gerade tat: Er lief auf und ab, langsam, aber stetig (ebenso langsam und stetig, wie er immer aß), und rief *Mama, Mama* … Er lief einmal im ganzen unteren Stock im Kreis, durch den Flur, ins Wohnzimmer, dann ins Eßzimmer, dann vollendete er die Runde durch die Küche und den Hausarbeitsraum bis zum Vorraum zurück, lief in den oberen Stock und rief dabei immerfort *Mama, Mama* … Wie ein aus dem Nest gefallener Jungvogel, der nach seinen Eltern ruft, damit sie ihn finden, so rief er nach meiner Mutter.

Einmal kam ich nach Hause und stand am Hoftor, da sah ich ihn auf dem Balkon, der über der Garage lag. Er stand dort in einem weißen Hemd und winkte auf seltsame Weise zu mir her. Er war eigenartig klein und wie entrückt dort oben auf der Garage. Als ich näher heranlief, dachte ich, vielleicht ist dieses Winken (er beendete es nicht) gar nicht auf mich bezogen, sondern er macht es einfach nur so. Ich schloß die Haustür auf, lief in den ersten Stock, malte mir bereits aus, daß John vielleicht nur dieses Hemd trug und sonst wieder mal nichts – aber John trug tatsächlich ordnungsgemäß eine Hose, stand immer noch am Balkongeländer, mit der Brust zur Einfahrt und zur Straße, dem Mühlweg, und winkte weiter, mit beiden Armen, wie jemand, der ein Flugzeug einweist.

John, what are you doing, fragte ich.

Er drehte seinen Kopf zu mir, während er weiter seine Arme über sich hin und her bewegte, und schaute mich völlig überrascht an, als hätte er mich vorher gar nicht gesehen, weder am Hoftor noch in der Einfahrt. Er winkte eine Weile weiter, dann ließ er die Arme sinken. Vielleicht war es eine Art Sport. Vielleicht wollte er mit diesem Gewinke einfach nur die Zeit füllen. Seine Zeit in Deutschland, seine Zeit in der Wetterau, wenigstens einen Teil davon, eine Viertelstunde auf dem Balkon, vielleicht nur fünf Minuten. Immerhin fünf Minuten. Ich dachte an früher, als ich immerfort meinen Kopf auf dem Kissen hin und her gewälzt hatte, wenn ich im Bett lag. Noch in späteren Jahren wippte ich oft mit dem Oberkörper, und meine Mutter sagte, ich sähe aus wie ein Jude an der Klagemauer. Vielleicht war Johns Winken etwas Ähnliches. Es konnte natürlich auch sein, daß er meiner Mutter beim Abschied gewunken hatte, und dann, als sie weggefahren war, war er in dieser Bewegung festgefroren, indem er sie einfach perpetuierte, ohne richtig zu bemerken, was er gerade tat.

John wurde zunächst so etwas wie ein Haustier. Er war, abgesehen von seinen Schulzeiten, immer da, wie unser Yorkshire Terrier, den wir damals hatten. Kam ich nach der Schule nach Hause, holte mir ein Glas Milch und machte mir ein Käsebrot, konnte ich sicher sein, daß er am Küchentisch saß und wir uns miteinander unterhalten würden, während er aß. Wir gingen nach zwei Wochen zu einem Englisch-Deutsch-Gemisch über, später sprachen wir dann nur noch Deutsch, denn John lernte wirklich schnell, und er wurde auch bemerkenswert akzentfrei. Er liebte Konjunktive, Wenn/dann-Konstruktionen, überhaupt Hypotaxen etc., vielleicht, weil ihm letztere als anglophonem Sprecher besonders schwerfielen.

Ich hatte inzwischen begriffen, daß John ein explizites Verhältnis zum Essen bzw. Fressen hatte. Er wußte genau, was er tat. Dieses Verhältnis hatte etwas Fetischhaftes. Er hielt sich an der Fresserei fest und ließ sie sich nicht nehmen oder ausreden, sondern stellte sich mit ihr gleichsam gegen die Welt und baute sich einen Schutzwall, der einen Innenraum umgab, zu dem keiner sonst Zugang haben sollte. Und obgleich er diesen Innenraum von seiner Umwelt tatsächlich weitgehend freihielt, redete er über diese seine Freßtaktik mit mir in gewisser Weise dennoch ganz offen. John legte sowieso immer Dinge offen. Und verhüllte sie dadurch zugleich auch wieder. John hatte einen ausgeprägten Hang zur Dialektik.

Johns Sprechen war die Bewegung eines dauernden Bei-sich-Nachfragens und eines dauernden Bei-den-anderen-Nachfragens. So unaufdringlich John war, so sehr wurde er dadurch bestimmten Leuten unangenehm. Sie reagierten manchmal regelrecht unwirsch auf ihn. Die GIs, die bei uns auf der Terrasse saßen, hatten immer dezidierte Meinungen zu diesem und jenem, zu politischen Themen, zur geplanten Nachrüstung, zum Nato-Doppelbeschluß, zu den gesellschaftlichen Systemen in Ost und West, solche Meinungen hatten sie auf nahezu allen Gebieten. John Boardman dagegen äußerte sich zu solchen Meinungsthemen nie, er sprach gar nicht mit seinen Landsleuten und kam auch immer erst spät am Abend auf die Terrasse, wenn alles im Schatten lag oder bereits Nacht herrschte und die Amis längst fort waren. Er sprach statt dessen darüber, wie und warum die GIs und überhaupt solche Leute zu diesen Meinungen kommen, die man einfach hat. Er bohrte sich geradezu in diese Frage hinein, in dieses *Warum*.

Ich begriff, daß diese Form von Reflexion John nicht nur schützte (indem sie ihn beweglicher als die anderen machte, denn in seinem Denken war nichts festgefügt), sondern daß sie ihn auch über vieles erhob, so daß er fast unberührt über den Dingen stehen konnte. Von seinen Altersgenossen war er sowieso meilenweit entfernt. Das kombinierte sich für mich mit der schlechten Rolle, die er bei uns an der Schule spielte. In den Augen meiner Mitschüler war John ein dickes Kuriosum, das nicht in Frage kam. Er würde hier mit Sicherheit keine Freundin haben infolge seiner Schwabbeligkeit, er konnte nicht Fußball spielen, überhaupt sprach man eigentlich nur aus Mitleid mit ihm, die Lehrer standen ihm mißtrauisch gegenüber. Unter alldem hätte John Boardman eigentlich leiden müssen. Mir kam es aber so vor, als sei dieses Enthobensein wie ein Sieg. Natürlich hatte das alles auch einen Traurigkeitshintergrund. John Boardman, dieser dicke Kerl in unserem Haus, der wie geschaffen war, eine Welt in sich hineinzufressen, um von ihr verschont zu bleiben, so wie der Stopfkuchen von Wilhelm Raabe, war stets von Melancholie umgeben. Vielleicht bemerkte er sie gar nicht, vielleicht bemerkte nur ich als Außenstehender sie. Diese Melancholie gab seinem Leben fast etwas Poetisches, wie bei einem Gedicht, und dadurch eine Aura, die von diesem für mich damals längere Zeit unergründlichen Traurigkeitshintergrund bestimmt war. Ich schob es zunächst übrigens nicht auf irgendwelche Erlebnisse, die er vielleicht irgendwann gehabt hatte und die ihn möglicherweise so hatten werden lassen. Ich sah darin einfach seine Person, seine Wesensart. Er war für mich so. Das ließ ihn seltsam verklärt in meinen Augen erscheinen, diesen John. Er verlor dadurch übrigens auch seine Häßlichkeit oder Formlosigkeit für mich. Manchmal betrachtete ich ihn und dachte, gegen ihn sind eigentlich alle anderen lächerlich. Weil die anderen einfach so ihr Leben lebten. Weil da etwas war, das seiner Existenz eine Art Tiefenstruktur gab, ebenjene unergründliche Grundierung. Ich hatte zwar lange Zeit keine Ahnung, worin sie bestehen mochte. Aber es hatte mit dieser Traurigkeit zu tun, die von ihm ausging. Sie nahm mich für ihn ein, auch wenn ich die Sympathie für ihn damals kaum hätte in Worte fassen können. Er war so etwas wie das Urbild des Schmerzes in meinem Leben, grundlegender noch als früher H. oder H.s Vater oder der nackte Junge, den ich zweimal im Fenster gesehen hatte.

Eines Tages stellte ich erstaunt fest, daß John rauchte. Offenbar hatte er von einem auf den anderen Tag damit angefangen. Draußen auf dem Balkon stand jetzt ein Aschenbecher. Er rauchte vom ersten Augenblick an massenhaft. Er verschlang sofort genauso maßlos Zigaretten, wie er die Nahrungsmittel aus unserem Kühlschrank verschlungen hatte, als ich ihn das erste Mal sah.

Ich wußte über John zunächst natürlich überhaupt nichts. Ich hätte es damals auch erst einmal nicht verstanden. Ich wußte noch nichts von dem Phänomen der Schwärze, also daß wir Teile von uns stets in die besagten schwarzen Löcher stecken. Und ich wußte nicht einmal, daß ich davon nichts wußte.

Johns Geschichte kann ich nur verstehen, wenn ich von damals ein paar Jahre in die Zukunft schaue, in mein zwanzigstes Lebensjahr. John Boardman hatte ich zu dieser Zeit völlig vergessen, er war schon lange nicht mehr in Deutschland.

Ich arbeitete damals im Friedberger Literaturcafé. Dort verkehrten meist Linke, Studenten, auch ehemalige Studenten, die inzwischen Taxi fuhren, einige alte Juzler gingen ebenfalls dorthin. Ich machte die Arbeit gern. Irgendwann kam ein alter Mann herein, von dem ich nicht sagen kann, ob er vorher schon einmal dagewesen war. Zumindest hatte er das Literaturcafé bislang nicht betreten, wenn ich dort gearbeitet hatte. Er paßte nicht ins Literaturcafé. Der Mann war ziemlich klein, trug Stoffhosen, wie sie die vorigen Generationen getragen hatten, und sah von seiner Kleidung her insgesamt ein wenig aus wie mein Onkel J. Eine graubraune Gestalt. Einen Hut trug der Mann nicht, aber es hätte gepaßt: ein kleiner, alter, schäbiger Hut. Ich sah den Mann zunächst nur aus den Augenwinkeln und beachtete ihn nicht weiter, solange er sich einen Platz suchte. Ich bemerkte aber, daß er nicht wußte, wo er sich hinsetzen sollte. Überhaupt schaute er eine Weile herum. Vermutlich war er wirklich noch nie hier gewesen. Aus irgendeinem Grund sagte ich mir, er sieht aus wie ein typischer Altstadtbewohner. Der Gedanke war insofern etwas unlogisch, als die Leute Richtung Vorstadt zum Garten und die unweit der Seewiese ebenfalls so aussahen.

Der Mann schaute also eine Weile unschlüssig herum, und ich dachte, eigentlich geht so jemand eher ins Licher Eck oder in irgendwelche Kaschemmen in der Altstadt, sitzt dort herum, raucht, trinkt Bier und schaut aus dem Fenster auf die Straße. Nur manchmal verirrten sich solche Leute hierher, gingen aber schnell wieder. Schließlich blieb ich vor ihm stehen und sah ihn an. Der Mann hatte etwas durchweg Schmieriges an sich, und er lächelte. Das Lächeln war ebenfalls schmierig. Er lächelte wahrscheinlich gar nicht mit Absicht, vermutlich hatte sich dieses widerliche Lächeln einfach in sein Gesicht eingegraben. Ein Lächeln, hinter dem ein durchweg schmieriges und widerliches Leben stekken mochte, dachte ich. Hinter dem Buffet stand Harald Stipp, einer der Pächter des Cafés, und verfolgte die Szene zunächst nicht weiter. Er war damit beschäftigt, irgendwelche Assam- oder Darjeelingtees in Tonkännchen zu füllen. Im Literaturcafé gab es das Teepublikum, das Bierpublikum und das Rotweinpublikum. Nachmittags war eher das Teepublikum da, irgendwelche Schüler oder Frauengruppen.

Der Mann sah mich an, hob die Augenbrauen, wiederum auf unangenehme Weise, und fragte, ob er ein Bier trinken könne.

Und dann tat ich etwas, das völlig automatisch vor sich ging und urplötzlich geschah. Ich geriet von einem Augenblick auf den anderen in einen merkwürdigen Zustand, ich wurde wütend, vielmehr sogar aggressiv und sagte dem Mann, er solle auf der Stelle das Lokal verlassen, und zwar sofort. Das schien den Mann zu beleidigen, er sagte, er wolle hier aber ein Bier trinken. Ich sagte, du kriegst hier kein Bier, da ist die Tür. Er: Was soll das denn? Ich: Ich habe gesagt, du sollst dich verpissen, du dreckiges Arschloch.

Natürlich hatte ich noch nie mit irgendeinem Gast so geredet. Ich war völlig außer mir.

Das ist eine Unverschämtheit, sagte der Mann, aber er sagte es so, als sei er eine solche Form der Behandlung eigentlich gewöhnt und erwarte sie geradezu. Vielleicht hatte sich dadurch dieses Lächeln in sein Gesicht eingegraben. Er lächelte jetzt allerdings nicht mehr, sondern schaute zum Buffet, ob von dort Hilfe zu erwarten wäre. Ich kümmerte mich allerdings in keiner Weise um Harald Stipp, sondern stieß den Mann zur Tür. Lassen Sie mich in Ruhe, rief der Mann und wich zurück. Tatsächlich siezte er mich. Ich stieß ihn immer weiter zur Tür, der Mann rief aber nicht um Hilfe, und ich wiederholte so etwas wie: Du dreckiger Wichser, hau ab, du verdammte Sau. Ich wurde immer heftiger, ich hätte ihn fast geschlagen, und wäre er nicht von selbst zurückgewichen, hätte ich ihn mit Sicherheit auf der Stelle verprügelt. Natürlich hatte ich auch noch nie einen Gast geschlagen. Ich hatte ihn jetzt an der Schwenktür und hieb ihm gegen beide Schultern, so daß er fast die drei Treppenstufen zur Hanauer Straße rückwärts hinuntergestürzt wäre. Draußen rappelte er sich auf, strich sich über seine Hosen und rief, er werde die Polizei holen, das lasse er sich nicht bieten. Ich stand mit meiner weißen Kellnerschürze aber bereits auf dem Trottoir und trieb den Mann, ihn immerfort weiter stoßend, Richtung Haagstraße, die zwanzig Meter entfernt mündete. Ich wußte genau, daß das seine Richtung war: die Altstadt. Der Mann wich zuerst rückwärts zurück, fiel dann in einen Laufschritt, rief aber weder um Hilfe noch Polizei, sondern wiederholte bloß, und zwar leise vor sich hin: Das ... das lasse ich mir nicht bieten. Ich verfolgte ihn die nächsten Meter und war kurz davor, ihm ins Rückgrat zu treten, damit er endlich um die Ecke verschwinde, und schließlich verschwand er auch. Er lief über die Straße, überquerte die nächste Gasse und bog Richtung Kleine Köhlergasse ein, ohne sich noch einmal nach mir umzuschauen, obwohl er gar nicht wissen konnte, ob ich nicht noch hinter ihm war.

Alles das passierte wie von selbst, ohne ein bewußtes Zutun, und es hatte höchstens zwanzig oder dreißig Sekunden gedauert. Ich kann heute gar nicht sagen, ob mir damals alles vor Augen stand, was diesen Mann betraf, und ich vergaß diese ganze Szene sofort wieder und erinnerte mich zwanzig Jahre nicht an sie, erst jetzt, seit etwa einem Jahr, seitdem ich wieder an John denke, den ich ebenfalls lange Zeit meines Lebens völlig vergessen hatte und der im Zuge der Ortsumgehung plötzlich wieder da ist, steht mir die Szene im Café vor Augen. Damals hatte ich diese Szene wieder komplett ausgeblendet. In die besagte Schwärze gehüllt.

Ich hatte ja auch John die längste Zeit in diese Schwärze gehüllt.

Erst fiel mir John ein, dann fiel mir alles Weitere ein. John ist wie das weißes Kaninchen bei Alice im Wunderland. Er hat mir das eigentliche Loch gezeigt.

Wenn ich heute darüber nachdenke, ist mir am meisten der Automatismus bemerkenswert, mit dem ich den Mann vertrieb. Es geschah alles wie nach einem Programm. Es handelte etwas in mir, das tiefer lag als mein normales Bewußtsein der Dinge. Später einmal hat jemand eine in gewisser Weise ähnliche Geschichte erzählt, ebenfalls die Geschichte einer völlig automatischen Handlung: Dieser Mann war in einen Wald gegangen, mit einer Flasche Whisky, einer Handvoll Schlaftabletten und dem festen Vorsatz, sich umzubringen. Er kletterte zur Sicherheit auch noch auf einen Baum und setzte sich auf einen Ast, um irgendwann von ihm final herunterzufallen, zur Unterstützung der Todesabsicht. So saß er da, schluckte seine Tabletten und trank den Whisky, und irgendwann stürzte er also infolge seiner Benommenheit herunter und kotzte dann einen Teil der Tabletten wieder aus, woran vermutlich der Whisky schuld war. Beim Sturz verletzte er sich erheblich, überdies war er anschließend eine Weile ohnmächtig und wäre irgendwann gestorben, wäre er so liegengeblieben. Und dann passierte etwas, was den Mann anschließend immer wieder gewundert hat, etwas, das er sich nicht erklären konnte und das ihn, glaube ich, für den Rest seines Lebens endgültig desillusionierte und ihm sein eigenes Leben noch widerlicher machte. Der Augenblick auf dem Ast, das Schlucken der Tabletten und das Hinunterstürzen des Whiskys seien ein Triumph gewesen. Das anschließende Debakel allerdings war viel größer, als er je erwartet hätte. (Er hätte ja auch gefunden und so gerettet werden können.)

Im Wald, auf dem Boden, betäubt und verletzt, hatte er das Zeitgefühl völlig verloren, er konnte später nicht sagen, wie lange er dort gelegen hatte, insgesamt war er drei Tage nicht auffindbar (die Polizei hatte nach ihm gesucht). Und irgendwann geschah es dann, daß er zu kriechen begann oder, besser gesagt, zu robben. Seine Beine konnte er nicht bewegen, also robbte er auf den Ellbogen, und er sagte, nicht er sei gerobbt, irgend etwas sei gerobbt. Erst seitdem wisse er, wie scheußlich groß und quasi überpersonal dieser Lebenswille sei, ein grober, brutaler, automatischer Wille, der zu handeln beginne, ohne daß es noch etwas mit einem selbst zu tun habe. Das Leben habe gerobbt, nicht er. Das bloße, nackte, der Person entkleidete Leben. Er robbte aus seiner Kotzlache heraus und bewegte sich im Schneckentempo, eigentlich ohnmächtig, zumindest nicht bei Sinnen, kroch einfach los, und das die ganze Zeit, immer wieder einschlafend, immer wieder robbend. Mit derselben bewußtlosen, zähen Kraft, die auch Säuglingen eigen ist schon im Augenblick nach der Geburt.

Genauso blind handelte ich damals, als ich diesen Mann aus der Wirtschaft warf. Ich legte mir in diesem Moment keine Rechenschaft darüber ab. Etwas in mir begann um sich zu schlagen, so wie der Selbstmörder losrobbte und der Säugling mit eiserner Gewalt den hingestreckten Finger umklammert hält, um daran zu saugen. Wobei meine Blindheit jener Schwärze geschuldet war, die ich damals noch nicht begriffen hatte, obgleich ich schon neunzehn

Jahre alt war. Die Schwärze wurde höchstens dadurch durchscheinend, daß ich genau wußte, daß der Mann Richtung Altstadt streben würde, zu seinem Haus. Erzählen kann ich mir die Geschichte erst heute. Nicht weil ich vorher keine Worte dafür gehabt hätte. Sondern weil diese Geschichte vorher schlichtweg nicht existierte. Sie kam erst durch John wieder. Sie kam, als ich Johns Geschichte endlich verstand. Und noch heute wird es mitten in meiner Geschichte schwarz. Ich weiß noch nicht einmal, wie oft das überhaupt in jenen Altstadthäuschen passiert ist.

Wie gesagt, das war vermutlich im vierten Schuljahr, vielleicht noch im dritten. Die Geschichte selbst ist übrigens nicht außergewöhnlich, das merkt man schon daran, daß Harald Stipp überhaupt keine Probleme damit hatte, daß ich diesen Typ hinauswarf. Er hatte die Geschichte vermutlich von Anfang an begriffen, und das kann nur bedeuten, daß er sowieso davon ausging, daß das immerfort bei uns passierte. Der Kerl war wirklich widerlich, aber auch darum geht es nicht. Es geht nur um diesen einen Punkt: die Schwärze. Daß es Dinge in uns gibt, die wir einfach völlig, und zwar lange Jahre, ausblenden, offenbar einer Art Überlebensmechanismus folgend. Und plötzlich geht eine Tür auf, und alles ist da, down the rabbit-hole.

Damals, als John bei uns war, lebte ich ein eigentlich ziemlich normales Leben. Ich war gern mit Mädchen zusammen, träumte in meinen Tagträumen von ihnen, und manchmal lief ich Hand in Hand mit einem davon durch die Gegend, war verliebt und hatte in meinem Kopf ausschließlich das, was in allen Beschreibungen eines solchen Alters vorkommt. Ich war für mich ein völlig unbeschriebenes Blatt. »Erstmals erkundete ich die Welt«, das wäre so ein Satz für die stereotype Beschreibung meines damaligen Alters. Im nachhinein weiß ich, daß diese Jungfräulichkeit niemals existiert hat, wie bei allen von uns. Daß wir uns aber in diesem Alter alle so vorkommen, ist auch wieder wie das Greifen des Säuglings nach dem Finger und das Saugen daran. Es ist dieses bloße »Leben«. Die Erzeugung der Schwärze ist offenbar eine Kraft dieses Lebens und ein überindividueller Teil davon.

Heute kann ich wesentlich besser an meine Kindheit zurückdenken als damals, als ich dreizehn, vierzehn Jahre alt war und »die Welt erblühte« (inklusive der Mädchen). Aber es ist die Erzählung eines Vierzigjährigen. Damals existierte das für mich alles nicht. Ein Großteil dessen, was ich hier schreibe, hat lange Zeit nie existiert, auch die Kinderärsche nicht, auch nicht mein Finger in diesen Ärschen, nicht, daß ich mich zu der Mutter ins Bett legen sollte, die Hexenhausmänner nicht, und auch, was ich mir damals vorstellte unter dem bösen und dunklen Anderen, kann ich nur vermuten, meine Erinnerungen daran sind eher atmosphärischer Art. Es gab ja auch gar keine Sprache dafür.

Es handelt sich, kurz gesagt, um die Geschichte der Maschinisierungsgrade unserer Sehnsucht. Erst ist es namenlos, später nennen sie es dann Liebe oder Perversion oder Glück oder Verbrechen, je nachdem, dabei ist es nur die zunehmende Maschinisierung der Sehnsucht. Die ganze Wetterau war ja ein Sehnsuchtsgebiet. Wie die ganze Welt. Dabei bin ich von der Kirche, der Schule, den Schriften um mich herum, vor allem aber auch den Gesprächen, insgesamt von der Sprache, die wir sprechen, immer nur dahingehend instruiert worden, daß der Mensch eine Person und ein eigenständiges Wesen und intelligent und seiner selbst bewußt und für sich selbst und die anderen verantwortlich und so weiter sei. Die Begriffe haben immer das genaue Gegenteil evoziert, aber ich habe es einfach nie verstanden. Die wahren Dinge für die Worte haben wir verloren, heißt es bei Sallust, *vera vocabula rerum amisimus*. Und da die Begriffe nie beschrieben, was wir tun, ließen sie vieles völlig unverständlich, und nicht nur das. Die Sprache tat einfach so, als seien wir nicht, was wir sind. Dabei sind wir alle gleich. Und selbst da, wo es unübersehbar hineinragt, werden Worte konstruiert wie Entwicklungsstufe. Oder Päderastie. Oder Analfixiertheit. Oder was auch immer.

Die Wahrheit über John Boardman war, daß er in eines dieser Hexenhäuschen hineingeraten war, fünfzehn Kilometer von uns entfernt in Reichelsheim (oder Wölfersheim). Ob er bei seinen Gasteltern tatsächlich in einem Fachwerkhaus gelebt hat, kann ich nicht sagen, vielleicht war es auch eine Betonwohnung aus den sechziger Jahren gewesen. Aber ich habe mir im nachhinein immer ein solches Häuschen vorgestellt wie bei uns in der Altstadt. Genauer gesagt hatte John ja auch keine Gasteltern gehabt, sondern eben nur einen Gastvater. Zu welcher Kategorie dieser Gastvater gehörte, ob zur Kategorie »Sehnsucht« oder zur Kategorie »routiniertes Abarbeiten«, weiß ich nicht.

Es fiel mir damals vermutlich eher schwer, mir überhaupt vorzustellen, daß gerade John Boardman, dieser schwabbelige Junge aus Amerika, Objekt der Begierde für eines unserer Hexenhausmännchen hatte werden können. Ich hatte wohl immer automatisch vorausgesetzt, daß diese es auf hübsche, schlanke, wohlgeformte Kinder oder Jugendliche abgesehen hatten, aber John – der Gedanke war nicht naheliegend für mich. Überdies waren das für mich alles nur theoretische Überlegungen, die sich aus keinerlei Erfahrungshorizont speisten. Ich wußte zwar, was John passiert war, aber ein Wort wie Hexenhausmännchen gab es ja noch gar nicht. So war ihm sein Einstieg in die Wetterau gleich ruiniert worden, oder vielleicht hatte ihm einfach auch der liebe Gott schon am Anfang das Wahrheitstürchen geöffnet, durch das John dann spähen durfte bzw. mußte. Ob das Hexenhausmännchen übrigens wirklich zugegriffen hatte, und wenn, wie fest, wie tief und wie endgültig, kann ich nicht sagen. Ich habe John nie danach gefragt. Ich mied dieses Thema damals komplett, nachdem ich davon erfahren hatte. Im nachhinein glaube ich, es war recht tief und auch ziemlich endgültig. John Boardman hatte dadurch einen Stoß erhalten, der ihn, trotz seinem großen Gewicht, ins Rollen brachte, auch wenn man ihm diese Bewegung, nämlich daß er gerade ins Rollen geraten war, noch nicht ansah. Am Ende war der Reichelsheimer oder Wölfersheimer vielleicht ganz restlos und zur tiefen Befriedigung in ihn eingedrungen, und die sechzehnjährige Seele und der sechzehnjährige Körper fanden erst einmal keinen anderen Umgang damit als – alles in sich hineinzustopfen und später dann hineinzurauchen.

Kurz bevor John wieder aus meinem Blickfeld verschwand (er tauchte in der linken Szene in Friedberg unter, wohnte zum Schluß in irgendwelchen WGs und rauchte ziemlich viel Haschisch), umwehte seine Person für mich etwas, was mich sprachlos machte, nämlich jenes Geheimnis, an das ich nicht rührte und das ihn selbst größer werden ließ, ihn fast entrückte, einfach, weil nicht darüber gesprochen wurde und es dadurch immer deutlicher in den Vordergrund trat. Ich stellte mir den Reichelsheimer bzw. Wölfersheimer vor, wie er seinen Schwanz in Johns Arsch hineinschob, ich stellte mir Johns leeres Gesicht währenddessen vor, und all das war die Geburt dieser seltsam verklärten, seltsam kaputten Person, die am Ende fast etwas Engelhaftes bekam, auch wenn sie immer noch nicht schlank war.

Der Reichelsheimer oder Wölfersheimer wurde in unserer Familie nicht thematisiert. Ich glaube nicht, daß er von irgendwem angezeigt wurde. Ich vermute, die betreffende Organisation hatte schon öfter solche Erfahrungen gemacht, so daß man sie als Restrisiko (samt Kollateralschaden) stets mit in Kauf nahm. Übrigens wurde in Friedberg möglichst wenig darüber geredet, um John nicht weiter zu beschädigen. Je weniger Personen davon wußten, desto besser, dachten meine Eltern vermutlich. Natürlich kamen später auch Leute an, Gleichaltrige, Schulkollegen, die es ganz genau wissen wollten, weil für sie ein gewisser Reiz von diesem Thema ausging. John, das dicke, wandelnde Erotikon wider Willen. Für einige war er wohl geradezu ein Abenteurer wegen seiner Reichelsheimer bzw. Wölfersheimer Erlebnisse. Andererseits denke ich heute auch, es kann durchaus sein, daß John für manche seiner Schulkollegen ein Eingeweihter war, und zwar eingeweiht in etwas, in das sie auch eingeweiht waren, und deshalb gab es vielleicht eine Gruppenzugehörigkeit oder zumindest den Ansatz dazu.

Ein nicht geringer Grund, wieso Johns Reichelsheimer bzw. Wölfersheimer Erlebnisse in Friedberg lieber nicht zur Sprache kommen sollten, waren wohl auch seine hiesigen Lehrer. Die waren teilweise ja auch eingeweiht, wenn auch von der anderen, der aktiven Seite aus, wie man vermuten kann. Wenn sie wußten, daß der blasse, dicke Amerikaner es schon einmal erlebt/getan hatte, dann belebte der Amerikaner den Gedanken daran ja quasi allein schon durch sein Auftreten ständig neu, so daß der eine oder andere ständig Sex vor sich sah, wenn er John Boardman sah. Aus dem Opfer wäre so gleich auch noch das Folgeopfer geworden, ähnlich wie dort, wo ein entjungfertes Mädchen als Nutte gilt, und da können dann am besten alle anderen auch gleich noch drüber. Auch hier sind beide Kategorien möglich: Den einen schuf er Sehnsucht durch seine verschwiegenen, ungeouteten Erlebnisse, die anderen machte er geil wie Böcke. Dabei war er wirklich unansehnlich. Nur der Reichelsheimer oder Wölfersheimer hatte ihn ansehnlich gemacht. Als experimentierten alle in ihrem Kopf mit dem Reichelsheimer oder Wölfersheimer Blick auf diesen Amerikaner.

John Boardman war alt genug, um zu wissen, was er erlebt hatte. Zur Sprache mußte er es ja nicht bringen. Wieso hätte er das tun sollen? Aber vielleicht hatte er auch den größten Teil schon wieder vergessen und in Dunkelheit gehüllt.

Wenn ich heute an meinen Gang in das Hexenhäuschen denke, habe ich ja auch keine Erinnerung mehr an das, was dort tatsächlich geschah ab dem Augenblick des Zitterns. Ich habe nur noch die Erinnerung an den Moment, wo ich mit meinem eigenen Willen gesagt habe, ich möchte jetzt gehen. Ich weiß nicht, wie klug ich damals war, und kann es auch nicht einschätzen. Was bis dahin geschehen war und was sie bis dahin von mir in der Hand hatten, das Bild wird komplett schwarz, wenn es darum geht. Möglicherweise hatten sie gar nichts von mir in der Hand, möglicherweise alles.

Ich weiß auch nur bis zu einem bestimmten Punkt, wie ich mich mittags mit meiner Mutter ins Bett legen sollte. Ich war der Jüngste, und ich hatte Zutrauen und kannte nichts anderes. Ich sehe den nackten Rücken meiner Mutter vor mir, hier und da mit Leberflecken versehen, wie ich sie heute selbst auf dem Rücken trage, und wie ich diesen Rücken anfassen und genauer gesagt streicheln sollte. Ich sollte auch die Arme anfassen bzw. streicheln. Es gab ein regelrechtes Anfaß- bzw. Streichelprogramm, meine Mutter schnürte dafür immer ihr Nachthemd auf. Der Vater war bei der Arbeit in Frankfurt bei der Henninger Bräu, und die Mutter zog ihr Nachthemd an und ging ins Bett, und ich mit. Drehte sie mir ihren Bauch zu, sollten die Arme angefaßt bzw. gestreichelt werden, drehte sie mir ihren Rücken zu, dann sollte dieser angefaßt bzw. gestreichelt werden, und das Nachthemd war so beschaffen, daß man es den ganzen Rücken über öffnen konnte. Ob das die Zeit meiner ersten Schuljahre war oder noch die Zeit vor meiner Einschulung, wenn wir ganz allein im Haus waren, kann ich nicht sagen. Keine Ahnung, wie mir das damals alles vorkam. Ich weiß nur, daß dieses gemeinsame Ins-Bett-Gehen mit der Mutter im weit geöffneten Nachthemd eine Zeitlang regelrecht Routine war, allmittäglich ausgeübt. Sie gab mir immer genaue Anfaß- bzw. Streichelanweisungen. Ob ich selbst angefaßt oder gestreichelt wurde, kann ich nicht sagen. Die Mutter liebt ihr Kind. Mutterliebe. Zärtlichkeit.

Die Mutter der Heusslers trug dabei übrigens eine Kittelschürze. Auch die obere Etage bei den Heusslers wurde erst viel später in ihren optischen Motiven für mich zu einem zusammenhängenden Bild, von der Schwanzfigur im schwarzen Mantel bis hin zu dem Bett, in dem seitdem für mich immer diese Mutter lag, auch wenn sie natürlich die meiste Zeit gar nicht darin gelegen hatte.

Die Wetterauer Sehnsucht. Und ihre Maschinisierungsgrade.

Es ist dieser Schmerz, der, wie unter einer Haut,

wie eine Geschwulst, stets an die Oberfläche kommen wollte, und er suchte dafür die nächstbeste Gestalt. Schmerz durch Mädchen war die erste Objektivierung, oder Schmerz durch Jungs, je nachdem. Die Messer oder Rasierklingen, eine andere, aber ganz ähnliche Stufe des Schmerzes, folgten später. Johns Arme aber waren, soweit ich mich erinnern kann, wohl eher unberührt. Allerdings, wenn ich darüber nachdenke, dann waren am Ende seiner Deutschlandzeit seine Arme immer bedeckt durch langärmelige Hemden. Und wenn ich mich genau zu erinnern versuche, dann kann ich nicht sagen, ob ich Johns Arme überhaupt jemals gesehen habe. Vielleicht trug er deshalb am Ende (in den Wochen, bevor er aus meinem Blickfeld entschwand) diese seltsam langen Gewänder, als habe er gerade einen Indientrip hinter sich. Unsere Arme, unser Schmerz. Ob er deshalb so bleich war und nie ans Licht ging? Damit die anderen nicht quatschten und nicht fragten?

Ich sitze im Zimmer meines Onkels J., schaue an die Wände und überlege mir, wie es hier zu seiner Zeit wohl ausgesehen haben wird, ob hier irgendwelche Regale gestanden haben und wo er seine Hefte hingesteckt hatte, damit sie keiner sah. Meine Großmutter sah ja nie nach. Dennoch wird er sie versteckt haben. Aber heute ist das Zimmer leer, das Heft könnte man höchstens in die Ecke legen, jeder würde es sofort sehen.

Meine ganze Jugend über entdeckte ich diese Hefte. Sie waren wie eine Spur durchs Leben. Irgendwann zeigte der erste Junge in der Schule sein erstes Penthouse-Magazin. Andere durchsuchten Kinomagazine nach Nacktbildern. Ich besuchte meine Mitschüler in der Stadt oder in ihren Dörfern und entdeckte manchmal ganze Jahrgänge im untersten Regal neben ihren Betten: Mädchen am Brunnenrand oder im Wald und manchmal immerhin leicht verhüllt in durchsichtigen Tüchern. Immer blickten sie einen an. Andere auf Motorrädern und stets nackt. Half ich einem Bekannten beim Umzug von einem Zimmer ins andere, lag eigentlich immer etwas unter der Matratze. Später kursierten die Hefte bis ins Café Kissler und ins Café Rosenschon hinein. Es war eine Spur des Lebens quer durch die Wetterau, überall kaum verschüttet, nur nachlässig verwischt. H. war bereits auf Filme umgestiegen und hatte einen Videorecorder. Auch meinen Onkel stelle ich mir ja immer beim Magazinkauf vor, wie demütig am Kiosk stehend, so wie andere ihre Hostie empfangen.

Damals, eine Weile nach John, lernte ich den alten Adomeit kennen. Beim alten Adomeit lagen immer die allerbilligsten Hefte herum, denn er hatte kaum Geld.

Adomeit – jeder in meiner Heimatstadt wird ihn noch kennen – lief immer in seinem alten Armeeparka und seinen verbeulten Jeans durch Friedberg, meistens bloß mit einem Unterhemd unter der Jakke. Er rauchte billigsten Tabak, anderen konnte er sich nicht leisten. Es war die Zeit, als alles um mich herum hell war, in jenen frühen Sommern, als ich alles vergessen hatte. Adomeit traf ich im alten Literaturcafé unten an der Seewiese (dort war dieses Café zuerst eröffnet worden, erst später zog es nach oben in die Stadt), er saß im Lascaux, unserer Kellerkaschemme, er hockte bei Erwin Rausch in der Schillerlinde auf der Holzbank, oder er lief durch die Stadt, wobei er manchmal eine Krücke brauchte, denn er hatte ein kaputtes Knie. Er schwadronierte, erfand die seltsamsten Geschichten, die er stets als Wahrheit ausgab, und hielt geradezu hof. Wir besuchten ihn oft, halfen ihm bei diesem und jenem, feierten mit ihm Geburtstag, manchmal auch Weihnachten.

Zu Hause in seiner kleinen Sozialwohnung hatte der kleine, nicht gut bewegliche Mann im Raum neben der Küche nur eine Pritsche stehen, eine Art Feldbett, und wenn wir bei ihm waren, setzte ich mich manchmal auf seine Pritschenkante, sah den alten Adomeit, wie er am Küchentisch mit den anderen jene Gespräche führte, die für mich in meiner Jugendzeit eigentlich die wichtigsten überhaupt waren (in der Stadt galt er den meisten als Penner), sah das karge Licht, die unverhüllten Fenster, die schäbige Einrichtung, und ich sah auf das Brett neben der Pritsche, auf dem die Hefte lagen, ich ahne noch, wie sie hießen, *Sankt Pauli Nachrichten* und *Praline* und so weiter. Die Frauen in kräftigen, ramschmäßigen Farben und stets nachkoloriert. Wieder irgendwo im Norden oder Süden in irgendwelchen Büros von irgendwelchen Redakteuren konzipiert und auf allen Straßen der Republik bis in den kleinsten Ort und in die kleinste Stube als Grundversorgung hineintransportiert. Es war egal, ob das Zimmer und das Haus und die Straße in unserem Ort und unserem Kreis, dem Wetteraukreis, lagen oder ob das Zimmer und die Wohnung und alles Weitere in Frankfurt oder Hamburg oder dem Lahn-Dill-Kreis oder in irgendeinem Landkreis in Ostwestfalen lagen, die Straße (auf der alles kam) war dieselbe, die Menschen waren dieselben, die Magazine waren dieselben, und die Abnehmer waren ebenfalls dieselben. In jedem Ort, in jeder Stube sahen sie dieselben Busen, dieselbe zukolorierte Scham, dieselben Ärsche, so wie sie, eine Wand weiter in der nächsten Wohnung, den neuen Dr. Sommer-Artikel lasen, und die einen waren fünfzig oder sechzig oder siebzig und hatten die Maschinisierungsgrade ihrer Lust (oder Sehnsucht) bereits gelernt und definiert und (die Grade) fixiert, und die anderen, die Mädchen, saßen, noch umgeben von ihren Bravo-Postern, gemeinsam mit ihren Freundinnen in Höschen auf ihren Betten (die Freundinnen übernachten heute hier), was auf der anderen Seite der Wand, kaum einen Meter weiter, schon wieder ein Fotomotiv gewesen wäre. So existierte alles Wand an Wand, die eine und die andere Seite.

Ich hatte seit dem ersten Augenblick beim alten Adomeit, als ich diese Erotikheftchen sah, nie den Gedanken: wie armselig! wie kommst du, mein alter Kerl, nicht in Frage! wie peinlich bist du, wie unangenehm ist es für mich (ich bin ja noch ziemlich jung und kann mir die Wichserei über diesen Magazinen noch nicht vorstellen), mir dich mit diesen Heften in der Hand auszumalen!

Manchmal ging ich die Magazine für ihn kaufen.

Er lag, das Knie war gerade schlimm, auf seiner Pritsche oder saß an seinem Tisch, das eine Bein auf dem Stuhl, und sagte: Wenn du zum Becker gehst, hier ist das Geld, dann kannst du ja drei Flaschen Bier und ein Päckchen billigen Tabak und die neue Praline mitbringen. Er kaufte die Magazine nur alle paar Wochen. Sie auf seinem Brett zu sehen war für mich anders, als die Bauarbeiter oder die Spediteure in der Stadt mit ihren Bildzeitungen zu sehen und den Frauen darauf. Adomeit zeigte seine Hefte manchmal auch herum und sprach von der Carmen und der Astrid, als kennte er die alle persönlich. Und tatsächlich hießen sie in den Magazinen ja auch so.

Ein Mensch, und alles offensichtlich an ihm. Kein Schwein, und keiner, der einen zu einem Mitschwein machen wollte. Ich sehe die scharf konturierenden Farben der Frauenfotos immer noch vor mir. Sie waren nie erotisch. Aber er glaubte daran. Und dann waren sie es ja auch. Und nur so konnte es sein. Vielleicht sprach er anschließend ein Gebet, aber nur im geheimen, denn offiziell war er Atheist. Ein Mensch, und ich würde ihm heute noch, wenn ich ihm etwas auf das Grab legte (ich finde es nicht mehr, vielleicht ist es schon abgeräumt, es hatte nur ein Holzkreuz, und sein Tod ist schon wieder über zwanzig Jahre her), vielleicht Rosen hinlegen, denn Rosen wuchsen immer im Garten meiner Eltern, und ich war mein ganzes Leben in Friedberg immer von Rosenduft umgeben, aber vor allem würde ich ihm eine *Praline* auf das Grab legen, oder eine *Sankt Pauli Nachrichten*. Ich kenne Frauen, die kennen den alten Adomeit nicht, aber wenn ich diesen Frauen vom alten Adomeit erzähle, sagen sie, fotografiere mich, so wie ich bin, und dann stecke es in seine Erde zu ihm, denn woandershin kann man es ja nicht mehr stecken.

Der Autor dankt dem Deutschen Literaturfonds.